馬世芳

Subterranean Homesick Blues

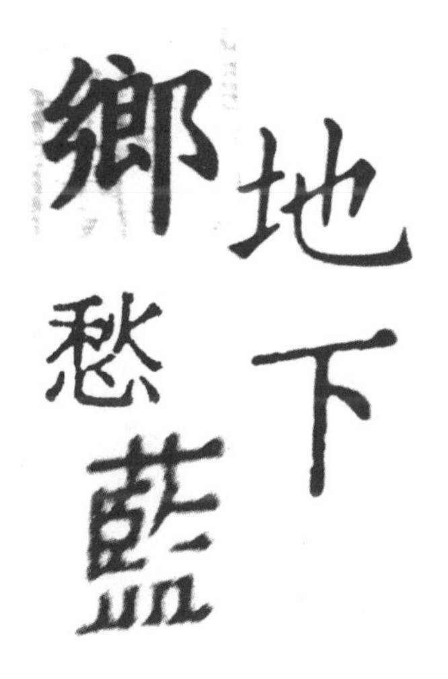

目錄

你和我和一隻狗叫布

兼序馬世芳的《地下鄉愁藍調》

詹宏志

那時候，一九七〇年代才剛剛翻開第一頁，本名肯特・拉沃伊（Kent LaVoie）的鄉村搖滾歌手灰狼羅伯（Lobo）的一首歌已經唱遍了全世界。

那首歌叫做〈我和你和一隻狗叫布〉(Me and You and a Dog Named Boo)，我們不知道那是什麼意思，只覺得音韻可愛，朗朗上口，全都跟著唱：

Me and you and a dog named Boo
Travelin' and livin' off the land
Me and you and a dog named Boo
How I love being a free man

我們是一群高中生，並不眞的知道自由人是什麼，住在全球文明的邊緣角落一個叫台灣的島上。世界上也眞還沒有人知道台灣是什麼，除了一船船來台度假嫖妓的越南美軍。台灣，是他們買醉前的東方幻想，宿醉後的蝴蝶春夢，以及戰火彈片震撼中短暫的忘憂谷；台灣，也是他們的鴉片，療癒他們疼痛無法拼合的肉體與靈魂，就像陳映眞筆下〈六月裡的玫瑰花〉中的軍曹巴尼一樣。

因爲有著這些夜醉街頭的美國大兵，以及他們攬腰摟著的火辣濃妝台灣吧女，我們來不及清理內心的隱隱作痛，一些美國大衆文化包括可口可樂與 Spam 火腿肉罐頭、《花花公子》雜誌及其折頁女郎，以及美國告示牌流行歌排行榜（the Billboard Top 100），卻也悄悄溜進我們的生活。

我們只是高中生，出外在街頭逛來逛去，沒錢看電影買東西，回家在筆記本中塗塗抹抹，或者是詩或者是畫，滿腹的苦悶無路可出，也不能拿世界怎樣。披頭的〈Love Me Do〉的天眞時期已經過了，帶著哀傷和吶喊的〈Let It Be〉剛剛爲披頭成團畫下句點，我們沒有趕上青年披頭的黃金時代，我們是聆聽凱特．史蒂文斯（Cat Stevens）的世代。

我們懵懵懂懂看著拼字錯誤百出的歌詞，跟著美國告示牌排行榜逐首哼唱，反覆聆聽盜版黑膠唱片《學生之音》裡的破碎選輯，想捕捉當中那些遠方隱約的革命暗號或靈修信息，但因爲戰爭和學生運動都太遠了，最後多半跌入情歌不知所云的傷感陷阱。我們曾經也以爲灰狼羅伯是我們福音書的一部分，雖然不一定知道那是什麼。

即使是同時代的我們也還不認識彼此，認識同時代的人要等到很多年後。當時在台中讀高中編校刊的我，一面也讀著其他高中的校刊，（現在台北市政府新聞處處長）羅智成主編的《附中青年》就是當時全台灣最厲害的校刊。附中校刊裡有一篇小說也叫〈我和你和一隻狗叫布〉，也是來自「羅伯福音」的啓發。那是另一位在苦悶中成長的高中生張惠國寫的，時隔三十五年了，我還清楚記得故事裡青春期的主角五呎十一和他與朋友間百無聊賴的生活內容。伴隨著歌詞，我，和你，和一隻狗叫布，可見每一個世代都有某些音樂做爲伴奏而成長的……。

吉他兀自繼續鏗鏗鏘鏘地彈唱著，然後我們就各自長大了，進入台北一所知名的大學。我們來自全島各地，靠海的和靠山的，通通都湊在一起了，所有原來只聞其名的校刊主編也都彼此相見了。雖然這些英雄豪傑多半見面不如聞名，少時了了大未必佳，但也算是八方風雨會中州，好像有個美麗新世界正等著他們。（想想看，現在這些主編們都已年過五十，有的從政、有的經商，有些則成了名嘴或教授，有的甚至成了某件精彩香艷緋聞案的主人翁，際遇不同，但都頭漸禿腹漸寬，不復當年蒼白青澀的文藝青年了。）

新的年份仍然有屬於它的伴奏基調，雖然那個時代我們人人初學吉他，彈到指尖流血長繭，但只能唧唧哼哼唱些和弦簡單的歌曲，像灰狼羅伯的〈How Can I Tell Her〉，就夠手忙腳亂的了，但我們好像已經不能滿足它太簡單的訊息。同班同學廖愛聽 The Who，一遍又一遍觀看電影版搖滾歌劇《湯米》（Tommy，或譯《衝破黑暗谷》），忍不住困惑地夜裡找我討論，艱難地咀嚼並想像其中性愛與藥物的氣息。同寢室的詩人楊澤則愛聽長笛手伊安・安德森（Ian Anderson）領軍的傑叟羅圖（Jethro Tull），半夜強迫我聽他的〈Too Old to Rock ‘n’ Roll, Too Young to Die〉，並且詩興大發，徹夜不眠埋首創作，第二天早上起來，我就能在他筆記本裡看到好幾首正在發展詩作的殘句和斷片……。

我自己則是個沒什麼分辨能力和傾向的音樂雜食者，也難怪，鄉下人進城，什麼都感到有趣：我有時候愛聽概念恢宏的克里斯・迪・博（Chris de Burgh），有時候著迷於實驗風的大衛・鮑依（David Bowie），彈起民謠吉他時卻也不介意胸無大志甜美的約翰・丹佛（John Denver），我敲著吉他扯著嗓子唱著：

I had an uncle name of Matthew
Was his father’s only boy
Born just south of Colby, Kansas
Was his mother’s pride and joy

我只有叔叔叫阿憨仔，在鄉下是個誠實而愚鈍的工人，也許馬修這種名字更像合適當一首歌的歌詞。

唱歌的人並不同意，唱自己的歌的台灣民歌運動風潮其實也已經悄悄吹起，我目睹它的發生而不自覺。楊弦唱〈鄉愁四韻〉的歷史時刻，就在學校裡的體育館，我也在現場，但我只盯著台上一位負責打擊樂器的美女；不久後，《我們的歌》和《金韻獎》的唱片也開始出版了。抱著吉他的齊豫，常常就坐在文學院天井的草坪上；更激進的李雙澤也不遙遠，同學相約到淡水去聽歌，聽的就是李雙澤。其實一切風雲已變色，像天蠍（Scorpions）的歌詞唱的：

An August summer night
Soldiers passing by
Listening to the wind of change

時間從生命走過，一路上都有時隱時顯的背景音樂，我只是都忘了。直到有一天，收音機裡傳來年輕音樂人兼廣播ＤＪ馬世芳和張大春的對談。馬世芳彷彿是一個老靈魂裝錯了青春的身體，他竟然在電台上介紹早期台語歌手文夏的音樂，而文夏正在做鄉村歌曲的試驗呢。我的時間一下子被推回到五〇年代，回到基隆雨港的家鄉，燈光顏色昏黃，聲音也回到單軌溫暖的眞空管音色，家裡那部據說是村裡最早的33轉唱機兼收音機，正流洩出美麗的聲音〈台中州進行曲〉，鄰居們躲在樓梯口聚精會神地聆聽著。時間靜止，樂音充滿，那是另一個我魂縈夢繫的年代。

地下鄉愁藍調

門，消失的酒吧與青春期

我一直記得不可遏抑地想聽Doors的那種感覺。十七歲那年一個冬夜，離大學聯考還有一百三十九天。獨自站在亮晃晃的公車裡看著窗外冷清的街景，身上散放著適纔跟友朋聚會沾染到的菸味，忽然極度想聽Doors，想讓冷颼颼的夜裡多出一些距離遙遠的、素色的頹廢聲響。下車走在回家的路上，所有的店家都打烊了，路燈照著無人的巷弄，小蝙蝠繞著圈盤旋飛舞。想起前幾天把Doors的卡帶都借給M了，頓時覺得前所未有地空虛起來。

我跟M是在校刊社認識的。高二那年我跟他競選社長沒選上，M當選之後便邀我作社團的首席幹部。在一學期的共事中，我對M培養出一種既是革命同志又是競爭對手的微妙情感：瘦長的M總是顯出一種不慌不忙的早熟姿態，笑起來永遠帶著嘲弄的表情，彷彿天底下沒有任何事情足以讓他驚惶。在他身邊，我總覺得自己是個笨拙可笑的二流貨色——老實說，我一直忌妒著M。

拿卡帶到學校借給M的那天，我們一人分一邊耳機，聽著〈人們變得古怪〉（People Are Strange）。人們變得古怪，當你是個陌生人／面容如此醜陋，當你獨自一人／女人變得邪惡，當你不被需要／街道也傾斜起來，當你失意落魄……羅比．克萊格（Robby Krieger）幽幽咽咽彈起吉他間奏，喝醉了似地，指法卻又十分精準。

「等考完我就要去學電吉他，而且不要狂飆，要彈就要彈這種的。你聽，它的每個音都有意義。」我比手畫腳地對M說。

M沒有回話，用他一貫的表情揚起嘴角，斜斜看了我一眼。

當時校刊社幹部擁有無限制請公假不必上課的特權，於是我們鎮日窩在漏雨破窗、僻處校園最角落的社辦，一知半解地啃著志文新潮文庫跟五〇年代那些意象奇詭的現代詩，並且不時爲著龐大的議題用盡腦中新習得的冷硬詞彙反覆論辯。那一年也是我的搖滾樂啓蒙期：我拿三百塊跟班上同學買了一對隨身聽專用的外接喇叭，在社辦一邊做完稿一邊放著一捲又一捲的卡帶。吉姆．莫里森（Jim Morrison）在一九六八年的錄音裡囂張地吼道：

We want the world and we want it
We want the world and we want it now, now? ...NOW!!

其實我們並不確知自己是否眞能掌握這個世界，因爲世界正以恐怖的速度激變著。請公假窩在校刊社聽 Doors 的那年，剛解嚴沒多久，大學校園裡學運四起，畢業的學長帶他們編的地下刊物回來給我們看：米黃的紙張印著一幀幀黑白分明的木刻版畫和墨色淋漓的標題，滿是我無法理解、卻又不能不在閱讀當下感到熱血沸騰的詞彙：「特別權利關係的父權心態」、「黨國大一統」、「國家機器 vs. 民間社會」、「權力的第三面向」。政治迫害、記過退學的威脅是他們頭頂明亮的光環，這種悲壯的、反體制的氣氛令人神往不已。

Doors的專輯《奇怪的日子》(Strange Days)，一九六七年出版。

在台灣壓抑已久的民間力量驟然傾瀉而出的時節，我聽著整整二十年前造反派年輕人聽的搖滾樂，等待著大學聯考，每天對校門口的偉人銅像投以輕蔑的眼神，且一面揣想風起雲湧的六〇年代該是什麼模樣。

離聯考還有一百三十九天的那個晚上是Y的生日。Y是某女校的校刊社主編，跟M介乎熟與不熟之間，就像兩個邦交國的總理一樣，在慣例上必須建立某種程度的友好關係吧。總之，那天我臨時被M抓去作陪，上館子喫了一頓火鍋，同去的還有M的另一個朋友跟Y的同學。在餐桌上我被M灌了好幾杯啤酒——那大概是我第一次喝啤酒，所以不久就頭疼起來。喫飽之後時間還早，有人提議到羅斯福路一家叫做AC／DC的酒吧去續攤。

在校刊社代代相傳的神祕故事裡，總會提到AC／DC這間酒吧。傳說古早的學長寫不出東西或者創意枯竭的時候，就把完稿紙捲一捲帶到AC／DC去，叼著菸、拎著啤酒瓶，把酒吧的桌子當編輯桌，做出一張張被後世奉為經典的校刊版面。他們在那兒飲酒、論辯、寫詩、生產滿篇夾槓的論述。在那些故事裡，AC／DC就是這一代的「明星咖啡屋」，是早慧的心靈宣洩滿腔才情的所在。

不過說也奇怪，我從來也沒想過要到那兒去瞻仰前輩豪氣干雲的遺跡。大概「酒吧」這種地方，對十七歲的我來說，還是過於危險的吧。

我們來到一個停滿機車的陰鬱騎樓，除了入口處一塊巴掌大的木牌，完全看不出任何類似酒吧的跡象，只有一條窄小的梯級，往上看去，昏暗的樓梯間隱約有幾堆裝啤酒的木箱。攀爬而上、推開門，Doors幽深冰冷的樂音混雜著菸味迎面撲來。ＤＪ端坐在滿牆唱片圍繞之中，散放出獨裁君王的雍容氣派。客人們錯落散坐、匿身在暈黃光圈籠罩不到的黑暗裡，只見每張木桌中央一圈圈霧氣裊繞的亮光，照著菸包、酒杯、寫了字的紙、一雙雙交疊的手。已經死了十幾年的吉姆．莫里森緩緩唱著：

騎在蛇背上／騎在蛇背上／來到湖邊／史前的湖邊
這條蛇好長／身長七哩／很老很老／皮膚冰冷
騎在蛇背上／蜿蜒向西……

就在這樣的樂音中，我跟M、M的另一個朋友，還有並不相熟的女孩子Y以及她的同學，圍坐在AC／DC的長條木桌前，大家一邊喫我帶去當生日禮物的蝦味先跟七七巧克力（我不記得爲什麼帶了這麼寒傖的禮物）、一邊玩一種叫做「心臟病」的撲克牌戲——這是一種玩起來必然喧鬧尖叫不已的牌戲，所以一直到離開酒吧，我都沒有餘暇專心地聽完一首歌，然而伊們並不介意在Doors的音樂聲中玩「心臟病」，伊們甚至並不知道那是Doors，我又能說什麼呢。

離開AC／DC的時候已經很晚了，在羅斯福路吹著夜風等公車，愈想愈不甘心，便漸漸悒鬱了起來。在瀰漫著菸霧和迷幻搖滾的酒吧裡，一群玩撲克牌的高中生顯得多麼不上道、多麼傖俗！最最不幸的是，我自己也成爲這種無可原諒的傖俗的共犯。於是暗暗決定此後不再到這家酒吧，除非終於能找到知己至交，或者擁有一個眞心瞭解我的情人。

然而這個願望一直都沒有實現：知己和愛人一樣難尋，而且AC／DC不久就關店了。這間酒吧遂夾帶著不完滿的記憶，在我腦中升高、神化。即使後來走遍台北播放著搖滾樂的酒吧，在不同的昏黃燈光下學習吸菸、爭辯、飲酒，甚至一度竭力把指間的香菸想像成大麻、把窗外烏煙瘴氣的台北想像成舊金山的嬉皮社區，其實都還是在偷偷比對AC／DC留在心底的，那塊青春期的殘片而已。

頂著夜風回家的那天晚上，坐在沒有Doors可聽的房間撥電話給M，想跟他討回我的錄音帶。

「喂。」M的聲音很虛弱。

「喂，我啦。你還好嗎？」

「滿幹的，不曉得自己在那邊做什麼。」M很無奈的樣子。

「喔。」我無以爲繼。

多年之後從軍中退伍，獨自背著包包跑到歐洲去晃蕩了一個月。一個晴朗的秋日下午，我走到廣袤的巴黎拉榭斯神父（Père Lachaise）公墓，沿著指示找到了吉姆．莫里森的墳。這趟旅行之前，我已經從書本和影片中看過無數次他

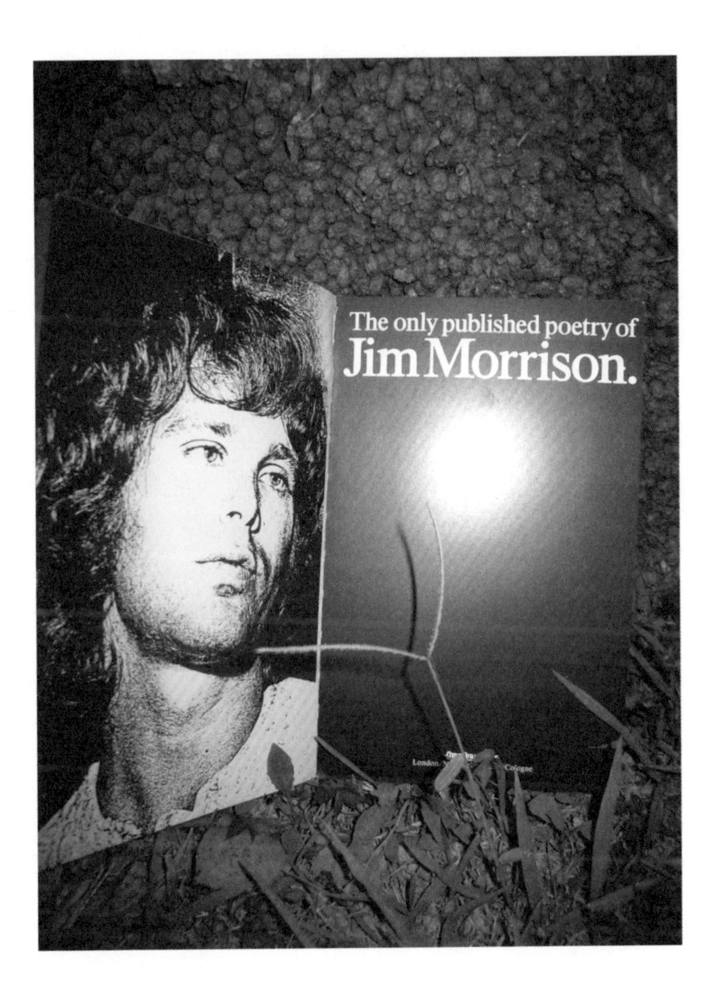
The only published poetry of
Jim Morrison.

的葬地的壯觀模樣：多年來，每個月都有數以百千計的樂迷從世界各地前來憑弔這位永遠被凍結在二十七歲的偶像。照片裡的墓地有一座胸像，被塗抹得面部全非。大理石的墓座上，吉姆的名字也幾乎全被層層疊疊的塗鴉遮掩。噴漆和刻字不僅佈滿他的墓塚，更蔓延到周圍的墳墓和圍牆，據說每年忌日都會有歌迷翻牆潛入墓地，在他的墳前燃起一支支蠟燭、輪流吸大麻，把滿地菸屁股排成他的歌名：THE END。

然而當我來到他的墳前，卻完全看不到這些。墓地在不到一年前纔徹底整建過，胸像被搬走，刻在大理石上的文字被換成更堅固的銅牌，鐫刻的名字也還原成他的本名，索然無趣的「詹姆斯．道格拉斯．莫里森」；滿牆的噴漆塗鴉全部抹得一乾二淨，墳墓上整整齊齊擺著幾束鮮花。

一個表情憂鬱、穿著皮衣和牛仔褲的長髮青年，架起三角架想在墳前替自己拍照，馬上被旁邊拿著對講機、戴墨鏡的健壯女警制止。兩個操南方口音的肥仔老美拿著地圖走來，對墳墓端詳了半天，品頭論足一番就離開了，彷彿他們來看的是羅浮宮的一幅名畫。秋日的暖陽斜射而下，我站在墳前，愈看愈覺得不可思議：吉姆．莫里森的軀體，眞的就躺在這下面嗎？

直到離開墓地、踏進地鐵車箱，纔猛然想起十七歲的那個夜晚。吉姆．莫里森的聲音在玩著撲克牌的我們周身飄蕩，他離我那麼近卻又那麼遙遠。那間埋藏在記憶裡的AC／DC，竟然和照片裡已經不存在的墳地遙遙對望起來。此刻我纔醒覺，彼時戀慕著的迷幻、頹廢、激進和悲壯，其實從來就沒有眞正進入過自己的生命，就像我壓根兒沒沾到過六〇年代的邊一樣，那只不過是對自己未嘗理解過的生命狀態、未嘗經驗過的歷史情境一廂情願的想像。墨色淋漓的地下刊物、耳機裡穿越二十年歲月嘶吼著搖滾樂的造反派青年、墓碑表面橫七豎八的塗鴉，伊們雜揉在一處，化成一種虛幻的鄉愁。然而嬉皮皆已老去，吉姆．莫里森凝定在二十七歲的臉孔和六八學潮的街頭塗鴉都印在明信片的背面，一張五法郎。那場集體的青春期，早在我出生之前就已經結束了。

站在擁擠的車箱裡，望著窗外映照出另一個模糊搖晃的自己，再度不可遏抑地想聽Doors。那是當你眞正孤獨的時候纔聽得進去的音樂。

（一九九七）

二十歲的花椒軍曹與十六歲的我

「那是二十年前的今天……」

it was twenty years ago today...

那年夏天，《花椒軍曹》（Sgt. Pepper）出版之後整整二十年，剛上高中的你在中華商場買到了這張唱片。那是一個陽光普照的週末下午，你把大盤帽塞進書包，一路搭公車到中華路南站，擠進糾結奔流的人潮，穿越騎樓下連綿不絕的攤位：做獎盃的、修隨身聽的、展示幣鈔郵票的、掛著軍服制服的、算命的、賣麵的……，憋著氣避開樓梯間臭氣四溢的公廁，爬上二樓，走進最角落的那間唱片行。你一手緊攥著書包，一手慌慌地翻著架子上一排排的唱片封套。幾經搜尋，心臟猛然一跳，這幀在舊雜誌上看過的著名封面赫然出現在眼前。

你毫不遲疑地付掉了一整個星期的零用錢。從唱片行走出來，天氣真熱，陽光刺得你睜不開眼睛。你決定到隔壁的麵店暫歇，喫一頓已然延遲了的午餐。坐在板凳上，忍不住取出袋中的唱片，滿懷幸福地審視著。身邊忽然有人衝著你說話，嚇了你一大跳。

「剛剛買的嗎？」

是麵店的夥計，端著你點的炒麵。他年紀很輕，比你大不了多少，眼裡帶著促狹的神色。你點點頭，不曉得該說什麼。

「這是一張好唱片，你很會買。」你赧然微笑。「我也想買這張，已經想了好一陣子。我有一台很舊的唱機，不過還可以聽，最近很想好好買一些唱片來聽，不過唱片很貴。」

那時候，一張原版唱片要兩百三十塊，眞的很貴。

「我已經有這麼多唱片了。」他用手比了比，大約是一條吳郭魚的長度：「唱片實在很貴，慢慢買，好不容易才有了這麼多。」老闆遠遠喊他，他做了一個歉然的表情，匆匆跑去招呼別桌的客人。

你喫飽，找他付帳。他說：「有空可以來找我，我告訴你哪些片子好聽，值得買。」

你再也沒有去過那家麵攤，中華商場也早就剷平了。不過每次放這張唱片，你都會看見夏天午後從中華商場密密麻麻的牆孔透進來的陽光，並且嗅到肉絲炒麵的香味。

「心裡有些東西被否定了這麼多年⋯⋯」
something inside that was always denied for so many years...

那年你剛考上第一志願，這都要歸功於那位體罰與惡補不遺餘力的國中班導師（時至今日，她依舊定期出現在你的惡夢裡）。國中三年，記憶完全一團混沌，只剩若干鮮明的片段，每個片段都浸滿了恐懼。

比如作業沒有寫，天濛濛亮的時候，就跑到班上借同學的來抄。奮力抄到一半，說笑的同學們倏然沈默下來，你回頭，赫然是老師。她反常地早早來到學校，並且故意從後門靜靜潛進教室，就爲了來這麼一個突擊檢查。你抖抖索索把紙筆收起來，老師卻什麼也沒說，只沈默地坐到了她的桌前。足足一小時之後，等全班到齊，她纔慢慢開口：「沒寫作業的自己起立。」之後，自然是一頓好打。

老師總是叫你們趴著，用藤條狠狠抽打你們這些小男生的大腿——那支藤條長而且韌，像釣竿一樣彎曲著，尾端炸開了花，於是用膠帶一圈圈纏起來。「嗖」地甩下去，一條血痕立刻鼓起來，辣麻麻、涼颼颼地，回座之後，坐也不是站也不是。老師並不隨身帶著藤條，它總是擱在教室前面的桌子抽屜裡，你當值日生的時候還用它打過板擦。有一次藤條不知道被誰偷走扔掉了，老師正待打人，一看抽屜是空的，遍尋不得，便跑去隔壁班借了一條三指寬的厚木板來用。赫，木板比藤條厲害多了，力道深深吃進肉裡去，挨完打的手心整個腫起來，亮得發紫，不像藤條只是痛在皮上。你想，那個偷藤條的傢伙一定後悔莫及。還好，第二天老師手上就有了一根簇新的藤條。老師永遠不缺藤條，或許教育部有編列教具預算吧，斷了就去總務處領一支。

還有一次，班上集體作弊被逮到，孩子們排著隊挨揍，老師使出全身氣力，拚了命地打，藤條一斷再斷、愈打愈短。忽然教務處招呼你們去中正紀念堂表演——你們是樂隊班，隨時都得出任務。於是全班速速換穿樂隊制服，到倉庫取樂器，上遊覽車。一路上，老師並沒有隨行，大夥卻全慘白著臉，車裡鴉雀無聲。那簡直就是一輛囚車，想到回去即將繼續的酷刑，你們都恨不得它半路撞上安全島，延遲一下回校受刑的時間。

這樣的生活持續了三年，以致一離開那所醜惡的學校，你就迫不及待摧毀了那段時間的記憶。未料弄巧成拙，你的國中時代在腦海中變成一團漿糊，最怕人的部分反而都鮮明地保留了下來。

放榜那天，你終於自由了——然則你該怎樣證明你的自由呢？被奴役太久，一朝撤除鐐銬，竟然連路都不會走了。高一那年，你的生活全是矛盾與混

PEPPERS
LONELY HEARTS
CLUB BAND
BEATLES

亂，功課一團糟，又沒有什麼談得來的朋友。你很焦慮，囫圇閱讀名聲顯赫的書籍，什麼也沒讀懂，但總記得豎起書背，展示你的與眾不同。班上傳說某人「馬子很正」，某人跟哪裡的班花「搞上了」，你故意擺出鄙棄的神色，心裡卻不可遏抑地忌妒著。

家裡沒人的時候，你把這張唱片擺進母親的老唱機，大聲播放鼓手林哥（Ringo）悲傷自嘲的〈朋友幫了點忙〉（With A Little Help From My Friends）：

（你是否覺得，孤孤單單的好難受？）
（你是不是很傷心，因為只有自己一個人？）
（你需要一個人來陪你嗎？）
（我需要人來愛……）
（隨便誰都可以嗎？）
（我就是需要一個人來愛！）
……

然而你該怎麼愛呢？你無從想像愛情是怎麼回事，比起來，你更期盼濃烈的友情。但是你什麼也沒有，只有這張唱片，陪你度過那些難熬的日子。

「沒什麼好說的，我很好……」

I've got nothing to say but it's ok...

父親傷心了，你的成績單連續出現頗不體面的數字。你走出房間，父親叫住你，詢問成績的事。你唯唯諾諾，顧左右而言他，終究無法避免一場嚴厲的訓誡。個頭開始抽長的你，不知什麼時候開始老是駝著背，眼睛也總是低低盯著地面。這種委頓的姿態想必加倍惹惱了父親，訓誡也就更加漫長。

然而你是尊敬著父親的。你是如此尊敬他的識見，懾服於他條理分明的思維與辯才，以致毫無頂撞的動力，更無同齡孩子慣常出現的反叛情結。父親的訓誡只能一遍遍讓你陷入沮喪。

一次與父親上館子，食罷，你們各自剔著牙，氣氛融洽，適於談心。你於是難掩興奮地向父親提起買得這張唱片的歡喜，順帶以炫示的語氣講起披頭音樂的偉大與美麗。

父親微笑地聽著，然後緩緩地說：「我只希望你也能好好地讀書。」你頓時語塞，氣氛冰冷了下來。一股氣上來，手上的牙籤被你忿然掰斷，擲往桌角。這之後，結帳上車回家，父子一路無言。

「我花時間做了好多事情，昨天我還不覺得它們重要……」

I'm taking the time for a number of things
that weren't important yesterday...

父親最擔心你「胸無大志」，搞不清楚自己要做什麼，浪費大好青春。你倒從來沒有擔心過這個問題，就像許多十六歲的孩子那樣，你相信自己可以搞一番轟轟烈烈的大事業，只是懶得想到底要搞什麼事業而已。

那是強人時代的末尾，報禁解除，輿論尺度大開，許多掩埋已久的禁忌都在潰堤邊緣，稍一觸動就要轟然迸發，到處浮動著躁鬱不安的氣味。再遲鈍的人都知道劇變正在到來，只是沒有人說得清楚究竟發生了什麼事。偶爾班上有人會爲著政治議題激烈爭執，甚至差點動起手來。週記裡寫到「民進黨」一律要加引號，否則老師會幫你添上去。

你覺得自己是「知識分子」，責無旁貸。你在班會上慷慨陳詞，主張班報應該由逸樂取向的《民生報》換成言論大膽的《自立早報》，培養同學關心社會現實的能力——天知道你自己到底翻過幾次《自立早報》。這個提案（毫不意外地）被全班投票否決。你很氣憤，決定自掏腰包替班上多訂一份報紙，終於還是被老師勸阻了。

你很沮喪，覺得青年墮落至此，國家前途無望。這是個大人瞧不起年輕人，年輕人瞧不起自己的島嶼。回到家，你戴上耳機，音量鈕旋到九，讓電吉他和鼓聲發洩你的忿恨：

我曾經是個憤怒的小夥子
我把腦袋藏在沙裡
可是妳對我說的那些話
我終於聽了進去
現在我想盡力做好每件事
我得承認，事情正在好轉
每分每秒都在好轉……

好轉個屁。這個小夥子骨子裡還是個造反派，他只是被愛情沖昏了頭，一時迷糊罷了。環境根本跟以前一樣爛，戀愛只會讓他昏頭，讓他的反叛力量繳了械。所以披頭是偉大的，因爲他們知道事情明明「不會好轉」，還故意這麼唱，讓反諷更強，讓你從狀似樂觀的歌詞裡嗅出絕望的氣味。你仔細研究歌詞，得到了符合自己心情的結論：戀愛使人目盲，使人喪失了造反的骨氣。所以，寧可不要戀愛。

「往上看，發現我已經遲了……」

looking up, I noticed I was late...

你拿三百塊跟隔壁同學買了一對隨身聽的外接喇叭，於是終於可以在自己房間把音樂放出來聽了。你把《花椒軍曹》的唱片錄成卡帶，反覆聽了好幾百次，直到你能默背每一段間奏的音符、每一句歌詞的咬字。你總是一面聽，一面盯著唱片封面，希望能夠認識上面的每一顆人頭。那是一個玄奇豐富的世界，全是難解的隱喻。那尊臭著臉的石像是誰？藍儂背後那張蒼白的臉是王爾德嗎？爲什麼右首那隻洋囡囡胸前繡著「歡迎滾石」？她橫陳的姿態，很有幾分狎昵的怪異感。前景那片繁盛的花草，是否眞的夾雜著大麻？——即使有，你也不知道大麻長什麼樣子。

那是一個什麼樣的年代呀！你總是幻想著，希望自己早生二十年。你大概會參加嬉皮公社，讓頭髮披散到腰際，在大麻菸霧和迷幻搖滾裡玄思證道（而你甚至連一支香菸都未嘗吸過）。你一定會寫出足以傳世的好詩，甚至組一個自己的搖滾樂團（而你只會彈兩三個蹩腳的吉他和絃）。運氣好的話，你會親眼看見披頭站在倫敦一幢樓房的屋頂，舉辦最後一場演唱會。伊們披髮當風、鼓琴而歌，大批路人流連仰觀，道爲之塞，引來警伯取締，眞是令人神往。那是在你出生前兩年四個月零十二天發生的事。

來不及了。那個時代在你出生之前就已經結束，只留下這些五彩斑斕的唱片封面，和紀錄片裡驚濤駭浪的片段。人們滿街遊行，拳頭高高舉起。畫質粗礪、色彩半褪的影片裡，有人倒在地上翻滾哭嚎，直升機在叢林上空盤旋，憤怒的群眾抬著標語，向著鏡頭張開黑洞洞的嘴巴。各種旗幟、口號交織成一大片迷茫的風景，向來不及參加的你招手。

「生命從你的裡面與外面流逝……」

life flows on within you and wthout you...

一天夜裡，弟弟打開你的房門，神色嚴重地說了一句什麼。你摘下耳機、關上錄音機，弟弟又說了一次：蔣總統死了。你往客廳跑去，電視上都是哀戚的顏臉。

一切都顯得不眞實，於是你走到陽台探望狗狗。狗狗見到你，歡快地跳躍起來——不論這世界怎麼了，於牠其實是毫無差別的啊。這麼一想，心情就靜定了。你回到房間，戴上耳機，繼續未完的音樂。已經放到最後一首，〈生命中的一天〉（A Day In The Life），藍儂冷冷地唱著：

我看了今天的新聞，老天
關於一個功名顯赫的幸運者
儘管那消息相當哀傷
嗯，我只能發笑
我看了那幀照片……

整個管絃樂團一齊轟奏著不協調的聲響，由遠而近，排山倒海。最後一記重重的鋼琴聲，狠狠敲下去，迴音繚繞、久久不散，彷彿要把你的魂魄席捲淨盡。

這天晚上你做了一個夢。

你在一個圓頂的大廳裡，等待表演開場，一切物件都泛著洗滌過度的蒼白，大廳因爲太高，顯得有些冷清。觀衆稀稀落落，遲遲不能坐定，主持人走上台，用過度激動的口氣大聲介紹樂隊出場：「The Beatles!」你大聲歡呼，沒想到有生之年眞的看到了披頭的演唱會，你流下了眼淚。約翰叼著香菸走到台前，抄起鼓棒，準備打鼓。鼓棒？那林哥怎麼辦？再仔細一看，你發現這幾個傢伙竟然是冒牌的！僅僅面孔長得像罷了！你悲憤已極，站起身，一面哭，一面大聲用英文詈罵起來（你不知爲什麼英文頓時流暢無礙），周圍的觀衆依舊默然望著舞台，看都不看你一眼。台上的冒牌保羅斜斜瞟了你一下，走到鋼琴前，張口欲唱，雙手卻猛力往琴鍵摁壓下去，〈生命中的一天〉最後的延長音！聲音愈來愈響，大廳開始崩塌，瓦礫落下如驟雨，最後，整個畫面慢慢碎裂，你的視界就像一幀中世紀古畫一樣朽壞殆盡，最後只賸一片漆黑，鋼琴聲還兀自迴盪著。

你驚醒過來，心臟突突跳個不停。望著牆上的日曆，想到時代就要改變了。這是屬於你這一代的記憶與歷史，世界不會再跟以前一樣，約翰．藍儂在很久以前就已經死了。

《花椒軍曹》的唱片封套靜靜倚在一旁。你拿起它，凝視那一張一張的面孔。他們紛紛活動了起來，爭著要對你說什麼，可你什麼也聽不見。穿著軍樂隊制服的四名智者靜靜站在中央，與你對視。他們的表情神祕而安詳，看起來既年輕，又古老。

（一九九八）

【附記】

一、本文篇名剽竊自曾淑美的詩題〈一九七八年：十三歲的挪威木與十六歲的我〉，一首向披頭致意的好詩，特此鳴謝。又，「披髮當風、鼓琴而歌」是余光中先生描述披頭屋頂演唱會的詞句，謹此註明，不敢掠美。

二、文章各節標題，均取材自《花椒軍曹寂寞芳心俱樂部》（Sgt. Pepper's Lonely Hearts Club Band）專輯歌詞。

白碟遺事

已經十年了吧，從第一次聽《白碟》（White Album）到現在。每次聽完，總覺得還有大半個身軀陷在青春期的廢墟裡，心甘情願曬著古老的太陽，走不出來。同時，記憶裡的世界每溫習一次就被純化一次，愈來愈像是寓言或神話的場景。儘管一再用賭徒起誓戒癮的口吻宣稱：是告別青春期的時候了，是學著長大的時候了，卻又一再放縱自己沈落下去。記憶裡的世界，每件物事都充滿象徵，每句話語都是預言。

無計可施，只能趁夜深人靜的時候在堆滿了唱片的架子上往復翻索。既然是深夜，好像就應該放老ＬＰ，讓必必剝剝的炒豆子聲把你帶回悠遠斑駁的記

歐洲版《白碟》，流水編號0042215，一九九〇年購於布魯塞爾。

憶底層。在正確的時刻，音樂可以讓你順利修改自己的過去，讓青春期的貧弱無知煥放出浪漫勇敢的光芒。這時候，炒豆聲甚至比音樂還重要，就像古書因爲蛀痕與水漬而顯得高貴莊嚴。

打開唱盤，凝神等待唱針落下去時那聲輕輕的「波」，心底某個角落便被溫柔地刺了一下。隔著淅瀝嘩啦的炒豆子聲，猶然年輕的披頭奮力唱著，他們並不需要證明什麼，他們的音樂已經回答了所有的問題。

現在拿在我手上的，是流水號碼 0042215 的歐洲版《白碟》，大學時代第一次赴歐旅行，在布魯塞爾的二手唱片行買到了這張舊唱片，封皮早已扯裂，連補綴在裂縫上的透明膠帶都變成了脆脆的玻璃紙。唱片封面佈滿泛黃的霉斑，不過附贈的四幀披頭肖像和全開大海報卻都完好如初。這張唱片是我的第一張原版《白碟》，後來我又陸陸續續蒐集了五六種版本的《白碟》，幾乎是下意識地，見一張買一張，彷彿這樣就能讓記憶中的味道持續得久一些，讓青春期的影子拖曳得長一些……。

《白碟》是披頭最神祕的作品，兩張四面三十首歌，像一幢隔出無數房間的巨宅，每扇門都緊緊鎖著，各自裝潢成截然不同的面目。《白碟》是一大片凌亂錯落的風景，每個角落都充滿了意義深遠的細節。那些幽深古怪的表述方式，揉合了懷舊的記憶和革命的激情，在媚俗與前衛之間劇烈擺盪……它曾經是我記憶中，整整一年份的背景音樂。

《白碟》只是權宜的稱呼，事實上，這張唱片並沒有標題。它的封面是一片徹徹底底的白，只有The BEATLES幾個小小字母凸印在中央，必須側著光纔看得到。右下角是一列打印上去的流水號碼，每張《白碟》都有一組獨一無二的號碼。展開對摺的唱片封套，觸目仍是一片雪白，四人的黑白肖像在下方排開，另一側是淡色印刷的曲目。抽出唱片，內套是漆黑的厚紙，反襯出外套的白。專輯附送四大張全彩精印的披頭肖像，他們各自若有所思地凝視著你，剛好可以在床頭的牆上貼成一排。繼續翻尋，還有一張全開的海報，你必須站起身來，才能完全展開。海報正面是五顏六色的照片和塗鴉，背面則密密麻麻印著歌詞。

唱片史上大概很難出現比《白碟》更酷的設計概念了，在幾乎不可能更收斂的極簡包裝下，竟暗藏了這麼多美麗的內容。

這些，在我第一次聽《白碟》的時候都毫無所悉。那是一九八八年，正好是《白碟》發行二十週年。彼時我們聽的都是卡帶，連隨身聽都還是笨重不堪的那種造型。高二那年某個下午，天空陰沈著，彷彿很冷。我把還沒拆封的《白碟》卡帶塞進書包，鑽進校刊社社辦——那是一個僻處校園角落的報廢教室，偶爾會在大家編貼著完稿的半途「澎」一聲砸下一片天花板。大家都不在，社辦空蕩蕩的，我坐進舊鐵櫃圍起來的小隔間（那是一塊只容一人工作的空間，擺了一副課桌椅和一盞點亮之後嘶嘶響個不停、隨時像要燒掉的桌燈），把卡帶塞進聽寫訪問稿專用的手提錄音機（那時候的手提錄音機，一堵牆似地豎著，多麼古樸的模樣呀），用細細的音量放起《白碟》，然後攤開一落稿紙，尋思該寫一篇小說，抑或一首詩。

事實上我很清楚自己什麼也寫不出來，但熱烘烘的桌燈照在稿紙上的氣味讓我心安。破爛的錄音機喇叭傳出一段段奇異的音樂，和我熟悉的披頭完全搭不上線，一直放到卡帶第四面，喇叭裡的聲響使我驚駭莫名，那是約翰·藍儂的實驗作品，長達九分鐘的〈革命九號〉（Revolution 9）。沒有歌詞、沒有旋律，只有層層疊疊的音效拼貼：男人女人的喃喃自語、各種雜訊、逆放的磁帶、群眾的騷亂、失焦的樂音、雨聲、槍炮聲、呼喊聲……，就像一部抽離了畫面的實驗電影，你只能聽見聲軌，據以想像一幕幕怪異的場景。〈革命九號〉就這樣佔領了我的腦海，像是在夢中反覆走過無數次的景色倏然出現在眼前，卻仍然隔著一層醒睡之間的隔膜，怎麼樣都跨不過去。

我在筆記簿裡密密麻麻記錄了〈革命九號〉的所有聲音——那時候每個人都有一本意義深遠的筆記簿，記載所有跟現實生活無關的事情（我們總是叫它「札記」，彷彿這個名稱能讓裡面的文字都變成智慧的箴言）。根據那時剛剛學習到的資訊，一九六八據說是轟轟烈烈的一年，革命的激情四處延燒，青年人正在造反。然而革命是什麼？這個辭彙似乎比較適合用來想望，而非身體力行。十六歲的我，怎麼都無法體會革命是怎麼回事。相片裡牆上被塗銷的反動標語、穿套頭毛衣的金髮青年在鎮暴警察的槍口種花、黃布條臨風飄搖、焚燒的旗幟和證件冒出黑煙，是這樣嗎？

或許，革命是像電影《牆》（The Wall）那樣，把學校燒個精光、該死的老師都抓去處絞刑吧。M便恨透了社團的那些「指導老師」，他不只一次用惡毒的語言咒詛他們。「幹，」他會這樣說：「我真的希望他們都去死。」

M這樣說的時候，口氣總是十分虛弱。他是校刊社社長兼總編輯，我是他的副手，社團首席幹部。從來沒有人投稿給校刊，偶爾收到一兩篇，也通常會被我們判爲「水準不夠」，塞進退稿抽屜，最後絕大多數文章都是社員自己包辦。那時候每篇文章都要上呈指導老師審稿，老師們總會用盡方法刁難我們的文章，無論那是一篇洋洋灑灑的高中課程改良芻議，抑或一首詰屈難讀的現代詩。一開始，M還能渾身是勁地和老師拍桌子對罵，但這樣的對立一直持續了兩三個月，誰都不免筋疲力竭。

是的，彼時社會正在經歷沸沸揚揚的改變，大家其實都知道，因爲高一下學期髮禁解除，那頂醜到極點的大盤帽也不用戴了。同學們開始抹「浪子膏」、把鬢角修成梯形，甚至義無反顧地燙一頭捲毛，引起全班譁然。我偷偷心儀著約翰·藍儂在《白碟》海報裡的披肩長髮和圓框眼鏡，默默告訴自己，有朝一日也要把頭髮留成那樣。《白碟》時期的披頭造型真是令人神往，他們披垂著好看的長髮，穿著貴族派頭的西裝，結著飄揚的領巾，表情平靜自得，同時擁有年輕的面容和滄桑的智慧。他們是青年世代的王者，站在整個時代的巔峰朝遠方眺望……。

然後據說舞禁也開放了，但是高中生上舞廳依舊懸爲厲禁，唯一合法的是一種叫做「雷射舞會」的名堂：大家在學校的體育館擠作一堆，破爛的音響聽起來像是社辦那台手提錄音機拿去放大一千倍。大家在砰砰砰的節奏中蹦來蹦去，作爲最大噱頭的雷射，通常只有寥寥幾條光束，怎麼看都和偌大的體育館不成比例，那是一種典型的屬於八〇年代的俗艷和淒涼。我去過一次，被巨大的音量震得頭疼，全場又沒有半個認識的女生。看著大家努力把自己打扮成電視裡的青春偶像模樣，心裡只覺得憂傷，沒待幾分鐘就回家了，並且對那種集體的歡快情緒，那種官能上的鋪張，感到深惡痛絕。

偶爾，在大學裡搞學運的學長們會回到社裡，帶著他們編纂的地下刊物。我們敬而畏之地聆聽他們細數與當局抗爭的種種，也低頭接受他們對我們這群不長進學弟的訓斥。地下刊物的美編延續他們在高中便發展出來的優良品味，不同的是那些理直氣壯的標題字句，墨色淋漓打在刊頭，充滿了鏗鏘的口感。我們把那些刊物在社辦的牆上貼成一排，儘管未必看得懂上面的長篇大論，卻有股「與有榮焉」的驕傲，彷彿也在校園民主的抗爭中盡了一份責任。

當然，教官永遠對我們這群躲在學校角落、整天請公假不上課的小鬼存有戒心，三不五時總會踱過來巡邏一下，看看有沒有人在偷抽菸或者聚賭打牌。一天教官趁門沒關跑進社辦，看到牆上那排地下刊物，二話不說，通通撕下來揣在懷裡帶走。事發之後，我們都等著訓導主任或者總教官的約談，帶著一絲絲的忐忑和巨大的興奮——這樣一來，我們對抗的姿態就會落實了。然而等了幾天，無聲無息，我們悵然若失，但是也堅信在校長室隔壁那個神祕的「業檢處」——傳說中掌管人二資料的黑手單位，已經留下了我們的案底。這樣的幻想，多少讓我們好過了一些。

那位訓導主任，屢次和我們拍桌對罵，他被激怒之後，總會漲紅著臉一語不發，額頭青筋暴現，臉頰的筋肉牽動眼角微微抽搐，那個表情總是被我們當成笑柄。和訓導主任歷次對陣的紀錄中，我們都能成功地激怒他，並且好整以暇欣賞他抽搐的表情。大概只有一次例外：他找了M跟我去談話，從八竿子打不著邊的瑣碎事情講起，不外乎師長如何寬宏大量不與我們計較年輕人應該把握光陰不要辜負社會栽培之類，然後話鋒一轉，忽然表情曖昧地問道：「怎麼樣，要不要吃公家飯？」

我和M面面相覷，過了片刻纔醒覺，他是在邀我們入黨。我們尷尬地笑了，訓導主任說：「沒問題，你們決定好，隨時都可以來找我，國家需要像你們這樣優秀的青年！」然後熱絡地拍了拍我們的肩頭，彷彿我們是他的老友，而非被他「訓導」的學生。我們告辭，走回社辦，一路無話，臉頰燒燙。我們當然沒有回去找他，也沒有跟社裡其他人提起，彷彿連被考慮到入黨名單裡，都是可恥至極、應該趕快被忘記的事。

天氣漸漸熱起來，校刊快要送廠，我們開會討論封面設計的問題。大家士氣並不高，一篇討論中國民主前途的長文被指導老師封殺，另一篇針對同學做的問卷調查，關於操場是不是該無限期封閉讓草皮長好之類的問題，也被迫從頭重寫，刪掉了所有質疑口吻的句子。連M的編者言都屢經刁難，他已經沒有力氣咒罵了，只簡單拜託我幫他把文章改一改，先弄成老師那邊會通過的樣子再說。總之，我們都覺得這期校刊編得窩囊極了。

然後我想起了《白碟》。既然這是一本我們都不滿意的刊物，不曉得它有什麼主題可言，讓大家都「賭爛」到極點，那還有什麼封面設計會比留白更適合？我興奮地比手畫腳：從封面到封底，乾脆一律純白，只在封面上浮凸起校刊的名字，要側著光才能看見。這完全符合我們對它的感覺：缺乏中心主題，零碎混亂，而且令人賭爛到無話可說。原本意興闌珊的M也雙眼發亮，臉上露出了笑容。這是個好點子，他說，去問問印刷廠，那種打凸起來的字會不會很貴，要是可以，我們就這麼辦。

我們都很得意，彷彿這是整本校刊唯一值得嘉許的部分。印刷廠也說技術跟成本都不是問題，剩下沒幾天就要送廠了，我們都有默契，千萬不要讓指導老師知道這個點子，否則不知道他們會說出什麼樣的話來。到時候直接進廠印刷，生米煮成熟飯，就誰也沒辦法了。

不過，倒楣的事情總會不偏不倚地降臨。指導老師竟然鬼使神差，自己跑到社辦來問起封面的事。M支支吾吾地解釋了半天我們的構想，然後用一種誰聽了都知道是臭蓋的口氣說：「我們想用這個白色，來代表『年輕人的純潔』，大家都是未經污染的白紙，還有大好的彩色青春，等待我們去開創。這就是我們這個設計的意思。」

我在一旁既緊張又忍不住想笑，老師皺著眉頭，想了幾秒鐘，便恢復到一種似笑非笑的表情——這表示我們要倒楣了。他慢呑呑地說：「哼哼，『白色恐怖』是吧？你們以爲我看不出來！哼哼。開什麼玩笑！我絕對不會答應你們這樣亂搞！」然後掉頭而去，留下我們坐困愁城。

兩個禮拜之後的週末，新印好的校刊運到了社裡，封面是黑底的版畫，由才氣縱橫的美編T操刀完成。據他說，畫中那個挽弓射日的小人，就是被威權壓制的我們，多少有點螳臂當車的悲壯意味。這個隱諱的抗議符號總算瞞過了指導老師的法眼，順利通過。

校刊發放下去沒多久，樓上高三班的窗戶便飄出一架架紙飛機，在空中畫出美麗的弧線，翩然降落。撿起來一看，那是我寫的文章。

那天正好是我的十七歲生日，但是我沒有跟任何人說。別人客氣的一句「生日快樂」，只會讓我感到更淒涼。頂著熾熱的太陽走回社辦，窩在鐵櫃圍起來的隔間，想著沒多久就要二十歲，不免恐慌起來。怎麼，還來不及把自己搞清楚，就已經要長大了嗎？

M走進來，看到了我。

「還好吧？」他問。

「還好。」我不曉得該說什麼。

我伸手進書包，掏出《白碟》的卡帶，問他：「要聽嗎？」

M笑了，點點頭。我把卡帶塞進錄音機裡，輕聲放起音樂，披頭歡快地唱著，我們良久無言。

咦，正巧披頭唱到那首〈生日〉（Birthday）：你說今天你生日／今天也是我生日／祝你生日快樂！／我們要開派對／請你一起跳舞！……哎，眞是一首荒唐的歌。

「……今天也是我生日。」我輕聲說。
「眞的啊！生日快樂。你喫了沒？」我搖搖頭。
「那走吧！我請你喫麵。」M拍拍我的肩膀。
我們一起走出社辦，太陽好大，蟬聲在四面八方聒噪著。
「說實在的，White Album 眞的不錯。」M有感而發地說。
「等會我可以借你聽。」
「喔……我是說封面設計啦。」
「喔。」我笑了。
「以後再做刊物，我一定要做一本封面全白的！幹！」
「好啊，那我幫你做完稿。」我們都笑了。
那是十七歲的第一天，天氣很好，年輕的披頭奮力唱著歌，彷彿革命的年代正要開始。

（一九九八）

寂靜的聲音，一九六六

天哪，我眞想聽聽他們製造出來的聲響。這幾個小夥子替自己取名Diamond（當時的樂團都比照老外，直呼洋名），成員包括三兄弟和一個臨時徵召的貝斯手。從髮式來看，他們大概都還在念高中吧。很顯然地，這是一個情緒歡快、組織鬆散的業餘團體。就跟這天輪番上台的其他七八個樂團一樣，Diamond唱的都是英文歌。根據當天的演出紀錄，他們的開場曲是〈寂靜之聲〉（The Sound of Silence）。不久之前，這首歌正在排行榜上大放異彩呢。

在那樣的年代度過青春期是什麼滋味？我只能胡亂猜想。這是一九六六年十月，中國廣播公司的音樂廳，背景布幕上的字樣大約是「全國紀念　國父誕辰／暢銷音樂聽眾同樂晚會」。這一年台灣最大的新聞，除了蔣總統四度連任，大概就是燒死了五十一人的西門町大火吧。十二月十七日，教育局宣佈「各大夜總會、舞廳、觀光飯店申請在聖誕節前後增加通宵節目，將一律不准」。整體而言，台灣算是滿平靜的——尤其跟同時期的國際新聞對照起來，那個激亢昂揚、波瀾壯闊的六〇年代，好像是在另一個星球發生的事。

你們並不瞭解
寂靜就像蔓延的癌
聆聽我的話語，或許我會教導你
挽起我的臂膀，或許我會到你那裡

然而我的言語
就像悄悄降落的雨水
在寂靜的井底迴響……

詹森在這年派遣了三十七萬五千人到越南戰場，足足是前一年的二十倍，美國年輕人開始公開焚燒徵兵卡，拒絕入伍。黑白衝突愈演愈烈，從芝加哥、洛杉磯到底特律，種族暴動綿延不斷，新聞畫面滿是起火燃燒的商店和汽車，還有倒臥道旁的屍體。就在照片中這幾個小毛頭登台的兩個月前，「無產階級文化大革命」轟然迸發，毛澤東在天安門廣場檢閱紅衛兵的狂熱場面震撼了全世界，中國成爲左派青年心目中的聖地，而這個「中國」，用腳趾頭想都知道，當然不包括台灣。

這年三月，艾佛利兄弟二重唱（Everly Brothers）到台北的美國軍官俱樂部做勞軍表演，勞的當然是美軍，台灣歌迷恐怕沒有幾個人能躬逢其盛。平心而論，艾佛利兄弟的黃金時代早在好幾年前就結束了，跟他們同時走紅的歌星也多半退居二線，讓位給更生猛的新秀。屬於他們那一輩的萬王之王——貓王艾維斯（Elvis Presley）已經不再公開演唱，反倒跑去拍了一堆奇爛無比的歌舞片，完全跟搖滾樂脫了節；排行榜上，梳著包包頭的女子美聲團體被一波波英國入侵的搖滾樂團取代，流行歌曲的音質愈來愈狂肆奔放，其中具有指標作用

鑽石合唱團 Diamond

組團至今已有兩年多歷史的鑽石合唱團，原有五位團員，與其他團體最大不同點，在於「林氏三兄弟」──林學存、林學祥、林學誠、爲其基本團員。以前的貝司手周郁平已入營服役，改由王敏康加入爲貝司手。鼓手黃湘，現已出國深造。故只有四位團員。他們在初成立時，曾在各種的舞會中，參加客串演出，深受年青朋友的鼓勵與支持，然後，他們有機會參加各電台或雜誌主辦的演唱會，今年暑假又曾到中部去表演，很受歡迎，是一個很有前途的團體。

他們的興趣是：練歌，集郵。因爲三兄弟練歌很方便，對於和聲很有一手。他們也喜歡與愛好暢銷音樂的朋友聯絡。地址：台北市金門街十一巷三十二號之二。

的披頭和滾石，更以驚人的速度蛻變著。相較之下，艾佛利兄弟已經顯得像是恐龍時代的遺物了。

過氣的二重唱背著吉他，從亞美利加來到地球背面，一個僻處東南亞、與世隔絕的小島，替駐紮在第三世界的美國軍人獻唱。這裡的女孩仍然梳包包頭，男孩一律把後腦勺刮得青青亮亮，三輪車在大街小巷穿梭來去。鏡頭拉高、跨越太平洋，在美國兵遙遠的故鄉，徵兵卡燃燒著，黑人貧民窟冒著濃煙，長髮青年噗噗抽著大麻，唱機裡是巴布・迪倫（Bob Dylan）的歌聲：

有件事情正在發生
而你不知道那是什麼
不是嗎？瓊斯先生？

儘管台灣彼時施行著極嚴厲的資訊管制，廣播電台對西洋歌曲的播放卻毫無戒心，許多英美電台禁播的歌到了台灣反而暢通無阻，這不能不歸功於電台主管的無知與遲鈍。於是我們透過真空管收音機，在戒嚴時代的台灣上空聽到了好些藥味十足的名曲，諸如伯茲（Byrds）的〈八哩高〉（Eight Miles High）、巴布・迪倫的〈雨天女士12與35號〉（Rainy Day Women #12 & 35）、海灘男孩（Beach Boys）的〈絕妙震動〉（Good Vibrations），還有傑佛遜飛機（Jefferson Airplane）的〈找個人來愛〉（Somebody to Love）：美麗的葛瑞絲・史立克（Grace Slick）披散著長髮大聲吼道：

當眞理全都成了謊言
體內的歡悅也已死滅
你難道不要找個人來愛嗎？

哎，這樣的歌詞跟彼時的台灣相距何等遙遠。我忍不住想像Diamond若是無意間聽到〈八哩高〉酸麻濃冽的電吉他前奏，或者〈絕妙震動〉層層疊疊、高潮迭起的複雜音場，該會是什麼表情？他們會好奇嗎？他們會重新發現搖滾樂的可能性嗎？他們會受到刺激，進而想寫自己的歌嗎？……或者他們只是撇撇嘴，罵一句「什麼玩意兒」，就把收音機扭滅了？回到民國五十五年，我們究竟該怎麼替這些怪誕突梯的編曲和違反文法規則的歌詞解碼？收音機裡奇奇怪怪的歌響了一陣，或許有人會皺皺眉頭、聳聳肩膀，但不消多久，這些聲音便會重新沈埋到厚重的寂靜裡去吧。

這就是我們的一九六六。羅大佑還有十六年才要出道，不曉得照片裡這幾個小夥子日後漸入中年，若無意間在收音機裡聽到〈鹿港小鎮〉，可有感受到某種似曾相識的震動？英美的搖滾樂手總喜歡把手上那柄吉他稱作 axe，斧頭，頗有江湖綠林的氣味。照這樣算起來，Diamond 一共有三把斧頭。不過光憑這幾把斧頭，顯然還是劈不開籠罩著這片島嶼的寂靜之聲。

我相信 Diamond 是快樂的。〈寂靜之聲〉到底在講什麼，大概也不怎麼打緊。上學之餘玩玩樂團、聽聽唱片，原本就不是什麼大不了的事，畢竟電吉他從來就不是革命的媒介，而是舞會的助興工具。要到差不多十年以後，台灣才會有人把年輕人寫歌唱歌視爲嚴肅的文化使命——Diamond 努力彈著〈寂靜之聲〉的時候，楊弦才十六歲，李雙澤還是個愛畫水彩的高中生（可口可樂還有兩年才要登陸台灣，還有十一年才會被他拿來當成崇洋的象徵，砸碎在淡江的演唱會舞台）。小學五年級的羅大佑正靠在閉目養神的阿媽身邊，聽著收音機裡模模糊糊的歌仔戲。七〇年代躺在遙不可及的前方，人類還沒有登陸月球，亞美利加則幾乎跟月球一樣遙遠。簡陋的舞台燈光照耀下，四個剃著平頭的小男生踏上中廣音樂廳的舞台，勉力唱著他們並不十分懂的歌詞：

在赤裸的光裡我看見：
一萬個人，也許更多？
他們說話，卻什麼也沒講
他們聆聽，卻什麼也沒入耳
他們寫歌，卻從不讓聲嗓分享
畢竟沒有人敢打擾寂靜的聲音……

（一九九八）

【附記】

「暢銷音樂」是家母陶曉清當時主持的廣播節目，那年她二十一歲，剛踏入廣播圈不久，文中這幀照片取材自當年出版的聽友通訊。

遙望嬉皮世代的背影

《烏茲塔克口述歷史》序

一九六九年，民國五十八年，我還有兩年才要出生。金龍少棒隊在威廉波特以5A比零大敗美西代表隊，首度奪得世界少棒賽冠軍。就在里奇・黑文斯（Richie Havens）穿著麻紗長袍、足蹬涼鞋、背著身軀碩大的木吉他踏上舞台替烏茲塔克（Woodstock）開場的一個月前，台北市警局在七月九日以「妨害風化」為由拘捕一位穿迷你裙的小姐，處以一日拘留。正當成千上百的美國青少年在烏茲塔克的溪裡裸泳、在草叢交歡的時節，高雄高中聯考男生組的作文題目是「革新應從自己做起」，女生組是「名譽重於生命」。次年一月十八日，台北市龍山分局一口氣抓了三十九個倒楣的長髮男生進警局，把頭毛薙光。警務處通令全省執行「整肅青少年儀容工作」，台北市總共取締「奇裝異服青少年」一八一名，警務處並通令基隆港務警察所：凡「披頭散髮不男不女」的外籍人士一律須勸導剪髮。至於內政部也沒閒著，這一年來查扣的「不良書刊」，總共有四百二十三萬件。

這樣的時代背景，台灣囝仔竟然可以和英美青年同步聽到排行榜上的暢銷搖滾曲，著實不可思議，只能歸功於司掌文化管制的官員英文太爛，無法領略搖滾樂挾帶的張牙舞爪的訊息。於是這些歌脫離了上下文脈，就這麼硬生生戳進了「自由中國」靜悄悄、冷冰冰的天空。那是搖滾樂從「青少年傻氣情歌」迅速進化、蛻變成一門新興藝術的時代，台灣青年在翻版唱片裡聽到了一連串作品，光看歌名便已經漪歟盛哉：門戶（Doors）的〈點燃我〉（Light My Fire）、史萊與史東家族（Sly & The Family Stone）的〈帶你上九重天〉（I Wanna Take You Higher）、傑佛遜飛機的〈白兔〉（White Rabbit）、伯茲的〈八哩高〉、巴布．迪倫的〈雨天女士12與35號〉、滾石的〈疼惜魔鬼〉（Sympathy for the Devil）……這些奇形怪狀的歌就在三輪車滿街走的台灣上空飄呀飄。牯嶺街的舊書攤

33
USA

上可以買到美軍帶來的《生活》（*LIFE*）畫刊，翻開一看，反戰青年在鎮暴警察的槍口種花、斜眼睛的沙特站在塞納河畔咬著煙斗出神、一身皮衣的黑豹黨徒戴墨鏡扁帽攥著手槍——這些穿越重洋阻隔、翩然降臨的音樂和畫面，到底對彼時的台灣青年起了些什麼作用，一直讓我很好奇。

我是連六〇年代的邊都沒沾到的世代。然而幸或不幸，畢生聽得最多、用情最深的音樂，幾乎都是六〇年代生產的。彼時的搖滾已經發展出複雜的形式和深邃的內容，卻還來不及創造太高大的權威、背負太沈重的包袱。所有的聲音、所有的概念都是「樹頭鮮」，都染滿了青莽的氣味，那是任何藝術都只能經驗一次的「第一個輝煌時代」。而烏茲塔克，有意無意，替那個時代做了總結。

年輕時初聞烏茲塔克史事，看了那齣著名的紀錄片，也曾經慨歎不能早生二十年，親歷那樣瘋狂美妙的場景——足足五十萬蓄長髮的嬉皮男女（差不多是彼時波士頓市的總人口），平均年齡二十上下，在暑熱和豪雨交逼中脫去輕軟衣物，在震耳欲聾的搖滾樂中吸大麻、打泥巴仗、下河泅水、暢意交歡——它的每一個畫面、每一顆音符都寫著「解放」，哪個年輕人不會心生嚮往？

這些年下來，不只一次遇到曾經心儀甚或身體力行嬉皮生涯的長輩——他們都在那個年頭買過數以千百計的翻版黑膠唱片，躲過滿街剪長髮和喇叭褲腳的警察，學過吉他，吸過大麻。Woodstock這個字眼是他們共同的「通關密語」，一聽見這三個音節，便雙眼放光、臉泛潮紅——他們當然都沒去過烏茲塔克現場，至少不是民國五十八年八月那三天。但我知道不只一位長輩多年後大老遠到了美國，再大老遠專程開車親訪烏茲塔克故址，只爲了去看一眼那片起伏的空曠的青草地。當他們終於抵達現場，嬉皮們早已脫下五顏六色的衣服、鉸去長髮，拎著公事包到矽谷和華爾街上班了，只偶爾會在帶小孩去看巴布·迪倫演唱會的時候套上一件死之華（Grateful Dead）的棉衫表示不忘革命情感。那是一場我的長輩們永遠錯過了的大拜拜。

烏茲塔克固然是搖滾樂與彼時青年文化的力量臻於極致的大展現，同時卻也替那個時代敲響了第一記下課鐘。就像迪倫後來唱的：「當你抵達峰頂，你也身處谷底」。烏茲塔克落幕後，青年世代洋洋自得，滿心以爲愛與和平與搖滾樂終將推翻「大人世界」，讓地球變得更美好——這樣的美景只維持了短短四個月。一九六九年冬，滾石發起的亞特蒙（Altamont）免費演唱會在暴亂中落幕，一個黑人青年在舞台前被亂刀刺死，在衝突中掛彩的孩子不計其數。看著亞特蒙的紀錄片《變調搖滾樂》（Gimme Shelter），和烏茲塔克相比，你發現同樣是數十萬嗑藥嗑昏了頭的青少年，這回他們的眼神不再是狂喜，而是一片渾沌、一片空無。

在亞特蒙的遍地狼籍中，搖滾世代怵然驚醒。誰會知道，美好的六〇年代，那場持續了好幾年的集體 trip，竟會以這樣醜陋的方式結束。

用更世故、更後見之明的眼睛回頭觀看上個世紀六〇年代的神話，對照這些青年長大之後紛紛成爲八〇年代雅痞的慘劇，你我實在很難心無芥蒂地複述彼時的口號：「做愛不作戰」、「別相信三十歲以上的人」、「你只需要愛」……，然而這也是那群青年比我們幸運的所在。有那麼一段日子，千千萬萬青年人眞的相信搖滾可以改變這個世界。衰敗還沒有開始，吉米・韓崔克斯（Jimi Hendrix）、珍妮絲・卓普林（Janis Joplin）、吉姆・莫里森都還醒著，披頭還沒有解散，大麻和ＬＳＤ還沒有被海洛英與古柯鹼全面取代。他們看到的是一個持續上揚沒有止境的曲線，搖滾愈來愈美麗愈來愈張狂，一張張黑膠唱片就是革命的通行證。回首烏茲塔克，至少在那三天，他們是幸福的。他們見證了這門藝術的第一個爛熟期，見證了幾十萬年輕人有能力在沒有「大人世界」橫加干涉的狀況下自己搞定一切，見證了那許多年輕、美麗、才氣逼人的樂手，在洋溢著腐味的、不祥的七〇年代罩頂而來之前，做出來最最純粹的、不斷向上飛昇的音樂。他們並不知道花開極盛的瞬間也就是凋落的起點，還好他們並不知道。

（二〇〇三）

一個唱垮了政權的搖滾樂團

巴布・迪倫在一九六五年說過，從來就沒有哪個政權是被抗議歌曲唱垮的，他才不相信音樂可以改變世界哩！迪倫大概不會想到，他說完這句話二十多年，有個樂團確確實實唱垮了一個政權——以某種間接的方式。

我剛回來，從布拉格。就跟所有觀光客一樣，手捧兩三種版本的旅遊導覽書，背包塞著地圖和相機，跟成千上萬的德國人法國人美國人日本人義大利人當然還有台灣人，挨肩擠過熙熙攘攘的觀光景點，提防著傳說中的扒手，隔著櫥窗對一排排水晶藝品和懸絲傀儡品頭論足，站在各色珍奇建築前面輪流擺姿勢拍照，在彎進巷子裡的劇院看《堂・喬凡尼》木偶戲第一七二〇場的公演之前，不忘偷時間搶購風景明信片，以及印著卡夫卡肖像的T恤。

當然我不是要講這些觀光客的例行任務給你聽，光憑短短幾天的居留便要故作大驚小怪貌、寫些歡喜讚嘆的旅遊見聞，只是招人恥笑而已。我想說的是，關於一個改變了捷克歷史的樂團，「宇宙塑膠人」（Plastic People of the Universe）。畢竟在那些觀光客的例行活動之外，我還是偷時間跑去唱片行，買了好幾張他們的專輯。店員聽說我要買「宇宙塑膠人」的唱片，還露出「閣下十分識貨」的讚許表情哩，害我虛榮了好幾天。

現在我手上正拿著這個樂團的好幾張專輯。據說他們前前後後出了十來張唱片，我只買到五張，其中兩張還是九〇年代共黨政權垮台之後的重組演唱會實況。CD附的說明小冊是十幾頁密密麻麻的捷克文，我只能望紙興嘆。不過我還是在其中一篇評述文章的末段，辨認出作者署名：瓦克拉夫・哈維爾（Václav Havel），劇作家，捷克共和國總統。

反覆聽著手上這幾張專輯，從七〇年代初期偷偷錄下的地下演唱會實況，一直到一九九七年的重組演唱會，這幾個造型怪異的長髮老嬉皮，玩的音樂完全超乎我的想像。「宇宙塑膠人」的音樂有一種瀰天蓋地的感染力，有時小提琴和笛子跟迫力十足的低音貝斯一起出現，配著陰沈的鼓擊和往復循環的電吉他音節，構成既沈重、又優雅的強大張力。有時整首歌都是漫亂傾側的不規則音符，配上長長的念白，抑揚頓挫，像一幀康定斯基的抽象畫。你很容易就會發現，他們的音樂非常壓抑，有些自戀，有些驕傲，但總是揮灑自如、才情洋溢。那樣的音符羅列，埋藏著整個民族的集體記憶，絕不是英美搖滾樂團做得出來的。當然，他們的歌詞我一個字也聽不懂，但是那好像也不大要緊。無論如何，我已經變成他們的歌迷了。

會知道這個樂團，中間頗有一些波折。記得最早看到這個團名，是報上一篇關於一九九〇年哈維爾的專訪。這篇文章激起了我莫大的好奇——當然，捷克剛剛經歷了翻天覆地的改變：就在前一年，劇作家哈維爾領導的「絲絨革命」（Velvet Revolution）把共黨政權趕下了台，半年前還在吃牢飯的哈維爾，衆望所歸地出任共和國總統，他在就職演說慷慨陳辭：「人民，你們的政府歸還給你們了！」但是老實說，那時候的我對東歐情勢一無所悉，也弄不清楚哈維爾原來是做什麼的。眞正激發我興趣的，是在那篇文章裡負責訪問哈維爾的傢伙——來自紐約的搖滾歌手路·瑞德（Lou Reed）。

你當然知道路·瑞德，知道他在六〇年代的團「地下絲絨」（Velvet Underground），還有那張安迪·沃荷（Andy Warhol）設計封面、畫了一隻大香蕉的名作。關於「地下絲絨」，最著名的描述就是：「沒幾個人買他們的唱片，但每個買了的人，後來都組了自己的搖滾樂團」。路愛男人也愛女人，路是隻大毒蟲，路對性虐待的種種儀式有著超乎尋常的好奇。路把自己充滿奇特情節的私密生活譜成歌，用一種神經質的、自戀至極的、半吟半念的方式哼唱，好聽得叫人想咬他一口。然而，共和國總統爲什麼會跟這種傢伙混在一起呢？

後來我才知道，哈維爾是全球頭號「地下絲絨」歌迷，這下你知道「絲絨革命」名稱的典故了吧。不僅如此，他還是怪老子法蘭克·查帕（Frank Zappa）的歌迷！哈維爾剛剛當上總統，就迫不及待把查帕請到捷克，以上賓之禮相待，還有意請他擔任文化使節。畢生都在邊緣奮鬥的查帕大受感動，差點就入了捷克籍。此外，哈維爾還邀請到平克·弗洛伊（Pink Floyd）爲國宴表演——

我想，地球表面不可能有對搖滾樂更友善的國家元首了。

哈維爾是在一九七六年，他四十歲的時候迷上搖滾的。一個大雪紛飛的夜晚，有個朋友拎著酒跑來敲他的門，跟他徹夜長聊，並且還提議他跟一個名叫伊凡．西羅思（Ivan Jirous）的年輕人見見面。他跟哈維爾說，西羅思別名「馬哥（Magor）」——這個字在捷文的意思是「瘋漢」。馬哥不但是「宇宙塑膠人」這個樂團的「藝術總監」，還有一群滿懷激情的波希米亞浪子，把馬哥當成精神

音樂點燃

民主運動

搖滾怪才訪問捷克總統哈維爾

◎馮光遠

搖滾歌手路．瑞德（LOU REED）是美國搖滾樂裏的怪才，他的基地一直是紐約，所以也[illegible]是「哈德遜河東邊的搖滾巨星」，哈德遜河西邊呢？當然就是布魯斯．史賓斯汀了（他其實已是新澤西州的州寶）。

瑞德的歌詞上過「紐約時報」的輿論版，此事我們上次介紹過。這裡，我們再介紹一篇他的訪問稿。（他訪問別人，而不是被訪問。）這篇他為「音樂家」雜誌寫的訪問稿，被訪者為身兼戲劇家、文學家、政治犯和總統等身份的捷克總統哈維爾（VACLAV HAVEL）。搖滾樂手訪問總統，此事也很新鮮，下面便是其中內容的摘譯：

路．瑞德（以下簡稱瑞）：這是個小禮物，一張唱片。

哈維爾（以下簡稱哈）：謝謝！[illegible]

瑞：這張唱片，是JOHN CALE和我為紀念安迪（ANDY WARHOL）而做的。

哈：當總統最悽慘的一件事就是沒有時間聽音樂，除我當例外，唯一能聽音樂的時間，就是驅車從甲地到乙地在車子裏的時候，我會聽好的搖滾樂，有時候我也聽聽轟聽的現代樂，聽聽古典音樂或流行音樂。在過去廿年裏，我們的電台裏只聽得到[illegible]的流行樂，可是現在也聽得到那些以前只能私下以錄音帶方式流傳的音樂了。

瑞：聽說不久之前，音樂家甚至還不能在[illegible]上彈吉他，此事可真？

哈：是的，在檯上玩音樂的音樂家以前經常被警察逮捕，現在我依然提到這個話題，我們是鐵定要講一件事，就是我們這個革命，撇開別的面貌不講，同時也是一個音樂的，或者說是藝術面的革命，它甚至有著非常特定的音樂背景。

瑞：這怎麼講？

哈：六零年代晚期，這裏掀起一股搖滾浪潮，一個在蘇聯侵略捷克之後仍挺在那裏不曾解散也不曾改名的團體「塑膠宇宙人」，是幾個帶動風潮的合唱團裏最為人知曉的一個，他們的音樂風格，受到「地下絲絨」（VELVET UNDERGROUND）（註①）很大的影響。可是這個團體後來被迫害，先是失掉了音樂家的職業資格，然後便只許在私人派對裏演奏，最後有段時間，他們只能在郊外倉庫裏面秘密的音樂會，可是整個七零和八零年代氣候時期的地下活動，便是由他們掀起。

後來，他們被逮捕，我們一些朋友便展開抵救他們的運動，不過要[illegible]主張身為一些長髮音樂家講話，實在是非常困難，然而我們最後還是成功了，在我們的壓力之下，大部分被逮捕的音樂家還釋放，被判刑的刑期也很輕。

事成之後，我們這些當初背負的人覺得，這個組織不應該就這麼解散掉，而應該繼續以更固定的形式運作下去，「七七憲章」人權運動就在這個概念下產生。

「七七憲章」結合了許多不同背景、不同觀點的人，可是這些人有一共通點，就是都批評極權制度和都出質疑對此制度。

有些「七七憲章」的成員被逮捕，甚至監禁，可是現在，「七七憲章」的組成分子教會於議會、政府機構甚至總統府裏。

我本人曾經是「七七憲章」最先三名發言人之一，之所以[illegible]這些事，我想講的是，音樂，地下音樂，特別是一個叫做「地下絲絨」合唱團樂的作品，對我們國家的發展，當然扮演著一個份量很大很大意義深長的角色。我想，此事在美國大概沒有幾個人注意吧。

瑞：瓊．貝茲（JOAN BAEZ）向你問好。

哈：也代我向她問好，我希望過一陣子她來布拉格演唱時有機會碰到她。

（兩人聊到六〇年代的美國和一九九〇年哈維爾造訪紐約的事）

哈：整個六〇年代的精神，那種對現存體制的叛逆精神，對我們這一代的精神面有著極為深遠的影響，對我們的下一代也有影響，從某一方面來講，其影響甚至延伸到今天。

可是和那些廿來歲的年輕人的叛逆不同的是，我們更加注重到了一步，我們不只拆，我們也建，我們之中很多人都被捲入政治的責任，例如在捷克轉為有名的搖滾音樂家麥可．柯塔克，目前也是我們聯邦議會裏最活躍的副議長之一，他已沒有多少時間寫音樂，這也許是他得給這個社會的某種損失吧。

瑞：你（以前在紐約的時）去過CBGB嗎？（註②）

哈：以前沒有，可是後來（一九九〇年訪美時）去過，在那次正式的訪問裏，有一晚我和米洛斯．福曼（MILOS FORMAN，「飛越杜鵑窩」等片的導演）去CBGB，到那個地方，嚇得半死的是負責保護我安全的特勤人員。

瑞：你知不知道現在美國有人想對唱片發行檢查制度，為唱片分級？

哈：嗯，當我們在美國時，有人在紐約的聯邦大教堂舉辦了一次音樂會，許多有名的作家和音樂家都到了，我們也談了，從他們那裏，他們也有各自的問題，我的心總是[illegible]著那些為爭取表達自由而奮鬥的人們，可是我始終認為，有著兩百年歷史的美國民主實在不需要我去當議人代替這些人把話轉給布希總統，我想他們能直接跟他講的。

瑞：我們試試看。

哈：他們是有要你要我出面講話，可是我覺得要是出面的話，反而對這些人是種傷害，他們是美國的公民，他們可以對選出來的代表講任何想講的話。

瑞：你顯然覺得，並且也證明了，音樂可以改變這世界。

哈：不是音樂本身，光是音樂是不夠的，可是音樂在喚醒人們意識這事上，卻可以有極為重要的貢獻。

（註①：瑞德以前便是「地下絲絨」的成員之一。）

（註②：CBGB是位於紐約曼哈頓區下城東區，即所謂的東格林尼治村裏的一個搖滾樂酒吧，六零年代在那裏崛起的歌手包括佩蒂．史密斯和吉米．韓德克斯等。「地下絲絨」當然也是舞台上的常客。這個酒吧現在仍是龐克音樂的大本營，每有演唱會，髮型和衣著怪異的龐克族人必聚集在酒吧門口，觀光客經過，膽子大點的，便拿起相機拍個不停，膽子小點的，則繞道而過。）

〈音樂點燃民主運動：搖滾怪才訪問捷克總統哈維爾〉，馮光遠譯介，一九九二年四月一日《中國時報》。

領袖，他們替這個次文化社群取名爲「地下社會」。雪夜來客說：他們眞精采，你眞該認識一下這群小夥子。

關於馬哥這號傳奇人物，有位記者是這麼說的：「馬哥經歷過嗑藥、酗酒、搖滾、吃牢飯、被條子痛揍、樣板審判、重刑監獄、神話傳奇、一場大革命，還有很多、很多、很多的詩。」經過引薦，哈維爾抱著「姑妄聽之」的心情，和他在布拉格相會。馬哥是個長髮披肩、形容邋遢的漢子，一面滔滔不絕發表他對捷克音樂復興的看法，一面拿出兩三捲卡帶，塞進錄音機，放給中年劇作家聽，那是幾個當地搖滾樂團，包括「宇宙塑膠人」的表演實況。哈維爾聽著破錄音機裡的音樂，大受震動，於是推掉了其他約會，跟馬哥跑去酒吧，徹夜聊到天明，從此成爲忘年至交。

哈維爾在多年後回憶那天的感覺：「這種音樂有一種震撼人心的、使人不安的魔力，這是一種使人警醒的、由內心深處發出的眞誠的生命體驗，任何人只要精神尙未完全麻木，就能理解……我突然領悟到，不管這些人的語言多麼粗俗，頭髮多麼長，但眞理在他們這邊。」

從這天開始，哈維爾變成了「宇宙塑膠人」的忠實歌迷。後來，這些年輕人又介紹他聽「地下絲絨」和法蘭克．查帕的音樂。它們從一張張刮花了的舊唱片，轉拷成一捲捲祕密流傳的卡帶——在那個年頭，一旦被祕密警察發現你在聽美國搖滾樂，可是會被抓去關的。後來，就跟千千萬萬捷克青年一樣，不知不覺，哈維爾已經把搖滾樂視爲和文學一樣重要的生命元素了。

在肅殺、灰暗的七〇年代，許多捷克政治犯被祕密警察逮捕，關押在牢房裡。面對無窮無盡的審訊與折磨，他們重獲平靜的方法，往往不是向上帝祈禱，而是輕輕哼唱路．瑞德的歌、背誦約翰．藍儂和巴布．迪倫的詩句。法蘭克．查帕和「地下絲絨」的唱片，在美國從來就不是暢銷品。然而查帕怪異突梯、充滿荒謬色彩的音樂，和「地下絲絨」描述種種陷溺墮落景象的作品，對捷克青年來說，毋寧是更貼近生活實況的。

在六八年蘇軍坦克大舉壓境之前，布拉格生氣蓬勃的文化圈，經常被拿來跟六〇年代的「搖擺倫敦」（Swinging London）和紐約東村相提並論：大家寫詩、蓄長髮、搞現代藝術、彈吉他、嗑藥、穿五顏六色的衣服，覺得生活理應就是這樣。也不知該說幸或不幸，「宇宙塑膠人」的成立，正巧在「布拉格之春」被十八萬大軍剿滅之後一個月，碰上了當權者用盡全力要剷除那種花花綠綠的生活、讓一切回歸「正常化」的起點。一九七一年，官報大剌剌地宣示：「政府不會容許『百花齊放』，我們所要栽培、要灌溉、要保護的，只能是那唯一的花朵——馬克思主義的紅薔薇！」「宇宙塑膠人」的披肩長髮、奇裝異服、放蕩行徑和高分貝的搖滾樂，簡直擺明了跟黨機器過不去，註定了他們被整肅的命運。

讀到這裡，你一定會猜想，「宇宙塑膠人」應該是個政治意識十分強烈的樂團吧。但肉店學徒出身的團長米蘭．賀拉夫薩（Milan Hlavsa）回憶說：才不是哩，他只是忍不住想玩搖滾而已。「宇宙塑膠人」的歌詞完全沒有提到政治，甚至連抱怨與哀嘆的情緒都不多見。他們是這樣相信的：「對這個荒謬體制最好的反擊，就是竭盡所能地忽視它」。他們用不和諧的高分貝噪音、粗鄙的打油詩、油膩的長髮、驚世駭俗的打扮和浪蕩的生活方式，直接把官方標舉的那套「好公民的價值」扔進了茅坑。一位捷克文化人描述「宇宙塑膠人」的行徑：「他們不跟當政者對話，只跟自己人對話；他們沒有變成異議分子，反而創造出一種可以暫時滿足自己的另類文化；他們沒有要求當權者賞給自己更多的自由，相反地，他們的行徑就好像自己已經擁有了自由一樣」。

不消說，這替他們惹來了無窮無盡的麻煩。

在七〇年代初「正常化」運動雷厲風行之下，無論搞搖滾的小夥子多麼不願意和政治扯上關係，都不可能倖免。所有樂團都必須重新接受「資格審查」，領有執照才能表演。團名或歌詞不能出現英文，不能蓄長髮，不能奇裝異服，不能寫晦暗悲觀的歌詞，不能有挑逗誇張的舞台動作，不能把音量開得太大聲……。最糟糕的是，萬一沒領到執照，先不說你根本沒有場地可以表演、拿不到演出酬勞，連舞台音控器材都會被警察沒收，因爲那是國有財產。

以上各項標準，「宇宙塑膠人」無一符合。然而他們不願意改團名，更不想剪頭髮。他們自己用報廢的收音機拼裝出堪用的音響器材，一面做工賺錢，一面想盡辦法登台演出。一場典型的七〇年代「宇宙塑膠人」演唱會通常是這樣展開：表演開始前兩三天，耳語悄悄在熟人之間傳開：據說「宇宙塑膠人」

要表演，地點可能是一個城郊穀倉，也可能是某人的結婚典禮，或者是一片林間空地。確切的時間地點，要到演出當天傍晚才公佈。一旦地點確定，便會有幾十個人，千里迢迢坐火車到一個不知名的小站，然後長途跋涉，穿越森林、踏過雪地、頂著風雨，來到一座波希米亞農莊。眾人摸黑踏進約定的那個穀倉，運氣好的話，「宇宙塑膠人」會在裡面，準備辦一場祕密演唱會。

然而，消息靈通的祕密警察往往會循跡而至，打斷演出，讓所有心血通通泡湯。

這類故事中，最出名的莫過於一九七四年的「布傑約維采『大屠殺』」：這年三月，一千多個年輕人費盡千辛萬苦跑到小鎮布傑約維采（Budějovice），準備看「宇宙塑膠人」表演，沒想到警察早就等在當場。這些年輕人被押進黑漆麻烏的隧道裡，慘遭警棍痛毆，然後整批送上火車，開回布拉格。幾百名青年錄了口供、六人被正式逮捕、幾十個學生被退學——整個事件之中，「宇宙塑膠人」根本還沒開口唱歌呢。

回頭說馬哥。一九七六年，就在馬哥跟哈維爾相識之後不久，他決定結婚，而且要大宴賓客。不用說，婚宴變成了一場「宇宙塑膠人」和所有捷克地下樂團的馬拉松演唱會。就在「地下社會」的親朋好友共聚一堂、狂歡正酣的時候，祕密警察破門而入，所有參加演唱會的人都被抓去錄口供，二十二個人被拘捕，大批錄音帶、歌曲手稿和樂隊自製的控音器材都被沒收。

「宇宙塑膠人」的團員在一場樣板審判中，被形容成吸毒酗酒性亂交打架滋事的地痞流氓，他們是「墮落的象徵、社會的毒瘤」。黨機器動員大批人馬抹黑這幾個年輕人，讓一般大衆相信這只不過是單純的刑事案件。最後，馬哥和「宇宙塑膠人」團員被判處八到十八個月不等的徒刑：「捷克青年永遠不會在這種音樂之下起舞！」判決書上張牙舞爪地吼道。

哈維爾大爲憤怒，決定展開救援「宇宙塑膠人」的行動。他認爲，假如大家都認同當局的說法，覺得這些年輕人罪有應得，那麼這個社會可以算是完蛋了：「這些青年根本沒有政治的歷史，甚至沒有明確的政治立場，他們只不過是想按自己喜歡的方式過活，創作自己喜愛的音樂，唱自己想唱的歌，不與自己過不去，」他義憤塡膺地說：「政權可以開始把所有獨立思考、獨立表達意見的人（即使只是私下思考和表達意見），都關起來。……權力不知不覺暴露出它的眞正意圖：要讓生活變得千篇一律，凡出現稍有不同的、個人的、突出的、獨立的，以至於不能歸類的事物，都要用手術刀切除移走。」

沒有人想像得到，這個救援事件竟成爲捷克歷史的轉捩點。盡量用簡單的說法濃縮這段故事吧：哈維爾發起的連署抗議活動，竟發展成捷克知識分子在六八年之後的首次大串連。這群人覺得民氣可用，決定一鼓作氣，集體起草了「七七憲章宣言」，正式和當政者槓上了。哈維爾身爲「七七憲章」的發言人，自此屢遭迫害，數度進出牢房，成爲東歐最著名的政治犯之一。他在八九年最後一次出獄後不久組成「公民論壇」，在「絲絨革命」中促成了共黨政權的垮台。

後來，就像全世界都知道的，哈維爾當選捷克共和國的總統，成爲地球上最喜歡搖滾樂的國家領導人。

而這一切，都是從一個忍不住想玩搖滾樂的肉店學徒開始的。你能想像嗎？當然，說是「宇宙塑膠人」推翻了捷共政權，未免也太誇張——他們眞的

「宇宙塑膠人」作品全集，二〇〇二年出版。

只是忍不住不玩搖滾樂的幾個小夥子罷了。然而，你可知道他們爲了實踐「搞搖滾」這個簡單到近乎可笑的願望，必須付出什麼樣的代價？

出獄之後的「宇宙塑膠人」，被官方剝奪了所有公開表演的權利。然而他們不改其志，仍舊鑽盡漏洞尋找機會。馬哥想出一個極具創意、又不觸犯法律的表演方式：他先開一班講解「現代藝術」的課程，放幾張安迪．沃荷的作品幻燈片，然後請「宇宙塑膠人」出場，表演整整一小時的「地下絲絨」音樂。偶爾會有朋友提供場地讓他們表演，這些地方卻經常在幾天之後被一把無名火燒得乾乾淨淨。「宇宙塑膠人」的成員後來又數度被捕，薩克斯風手伍拉提斯拉夫．布拉碧涅（Vratislav Brabenec）下獄的新聞被西方媒體大肆報導，害捷共政權變成國際笑柄，顏面盡失。到了七〇年代末期，警察只要在街上看到他，就是一頓痛毆。實在沒辦法忍受這種迫害，布拉碧涅在一九八二年逃到加拿大去了。對「宇宙塑膠人」的樂迷來說，布拉碧涅的出走是無法彌補的損失。

至於偷偷摸摸參加演唱會的歌迷，也長期處在類似的恐懼中。假設你是個十九歲的青年，星期五晚上跑去酒吧看了一場演唱會，到了星期天，那家酒吧忽然失火，燒得精光；星期一清早，祕密警察跑來敲門，把你帶去問話。其中一個對你的肚子狠狠揍了兩拳，另外一個則以你的學業和工作相脅，你已經在當局留下了案底。請試著想像一下：下次再聽說「宇宙塑膠人」的演出訊息，你還會不會去聽？朋友偷偷把一捲《白光／白熱》（White Light / White Heat）專輯轉錄的卡帶，或者一本聽寫傳抄的約翰．藍儂歌詞集交到你手上，你會不會緊張得心跳停止？

實在很難想像當局何苦動用這麼極端的手段對付這些喜歡搖滾樂的年輕人。他們眞的相信這種音樂會毀掉整個政權嗎？或許這是一個循環的問題：正因當局相信這種音樂必須被摧毀，搖滾樂反倒成爲某種心照不宣的認同符號。不是有句話這麼說嗎，「凡是政府討厭的東西，就是好東西。」於是搖滾樂禁忌的魅力與日俱增，它在當局眼中的危險性也就愈升愈高。最後，很諷刺地，政權眞的垮了，而且眞的肇因於一個被迫害的搖滾樂團。

「變成『異議分子』根本不是我們自己的意願，」賀拉夫薩在多年後回憶說：「我們只是覺得，應該替自己的生活作主而已。」然而這幾個形容猥瑣的搖滾浪子，確確實實改變了共和國的歷史，也成爲搖滾樂誕生近半世紀以來，最讓人心醉神馳的傳奇之一。你當然知道，搖滾樂的歷史中，「傳奇」這兩個字早就被濫用到了極點。然而，「宇宙塑膠人」是當之無愧的——放眼望去，世界上還有哪一個樂團，能夠翻轉歷史、成就一場貨眞價實的大革命？

最後讓我引一段路．瑞德的歌詞吧。一九九〇年訪問哈維爾的時候，路送給總統的那張新專輯裡，正巧有這首歌，簡直就是「宇宙塑膠人」傳奇的寫照：

你不能指望家人
你不能指望朋友
你不能指望聰明才智
你不能指望上帝
你不能指望智者
因爲智者不存在

你不能指望好心人
好心人專做燈罩和肥皂
很多事情都不能指望
最糟的事情老在發生
你得要有滿滿一公車的執念
才能讓自己過下去……

這就是我所知道的，「宇宙塑膠人」的故事。

（一九九八）

【附記】

二〇〇一年，賀拉夫薩因癌症去世，得年五十歲。二〇〇五年一月，路．瑞德和早已卸下總統職務的哈維爾相隔十五年之後在布拉格重逢，媒體多有報導。

「宇宙塑膠人」在一九八八年（絲絨革命前一年）解散，改組爲Půlnoc。一九九七適逢「七七憲章」二十週年，「宇宙塑膠人」在哈維爾的敦促下重組舉行巡迴演唱，並且發表了實況錄音。一九九八年，「宇宙塑膠人」赴紐約演出，並且和路．瑞德同台表演了地下絲絨的名曲〈甜蜜珍〉（Sweet Jane）與〈髒污大道〉（Dirty Blvd）。賀拉夫薩逝世之後，他們以"PPU & The Agon Orchestra"的團名繼續活動，直到現在仍然十分活躍。

文章中提到路．瑞德送給哈維爾的專輯是《紐約》（New York），那也是我最喜歡的路單飛作品。文末那首歌原名是〈滿滿一公車的執念〉（Busload of Faith）。

青春舞曲

我的記憶，關於那些歌

一九八一年夏天，我十歲。全校小學生去陽明山郊遊，我走在山路上，有些累了，吹著風，想找首歌替自己打氣，便唱起了李建復的〈漁樵問答〉：

> 喝一杯竹葉青／唱一聲水花紅
> 道什麼古來今／沈醉嘛付東風……

老師說：馬世芳，你怎麼這麼來勁啊，唱的這是什麼歌呀。我便害羞地住嘴了。

二十四年後，爲了製作「天水樂集」的復刻版專輯，重聽這首歌的錄音，藍調吉他、梆笛與弦樂呼應交響，李建復的聲嗓清澈嘹亮，編曲的創意與完熟令我驚詫不已。這纔憬悟當年自己唱著的是什麼樣的歌，當年那群二十郎當的音樂人又是多麼有勇氣、多麼有才華……。

當年的製作人李壽全回顧那張專輯，有感而發：「如果現在才要做，大概就不會做了。」七〇年代以降的青年創作歌謠，就在這種「沒想太多」的狀態下，燒起了燎原大火，永遠改變了華語流行音樂的歷史。說起來，「沒想太多」的狀態其實是最珍貴的——因爲所有的氣力、全副的生命，都擺在歌裡了。

回首三十年來幾波創作歌曲的風潮，其中最動人的作品，多少都是從這種「沒想太多」的狀態裡發生的：七〇年代中期「唱自己的歌」的「民歌」運動、八〇年代初期羅大佑的搖滾黑潮、八〇年代後期林立的音樂工作室和轟動一時的「新台語歌」、九〇年代由魔岩和獨立廠牌帶起來的民謠搖滾、原住民音樂和另類搖滾——這些音樂的火種，都是老早就在醞釀，只等適當的時機「從地下轉進地上」——只要土壤是豐沃的，我們便有百花齊放的條件。

聽聽楊弦在一九七七年《西出陽關》專輯那樣虔敬地彈唱著胡德夫教他的卑南語〈美麗的稻穗〉，你很清楚「流行音樂」這四個字壓根兒就未嘗進入過他的腦海。它的錄音和編曲是那樣樸素，但是跨越將近三十年的歲月，仍然能讓我們這些後輩感動掉淚，它的力量遠遠超過了同時代早已朽滅的許多「流行歌」。

楊弦在一九七五年出第一張專輯的時候，我的母親陶曉清還不到三十歲。她在中廣做節目，每星期固定播放一些年輕人自己在家裡錄下來的歌，反應之熱烈出乎預期，她便邀請這些年輕人來上節目，替他們組織演唱會。很快地，這些歌錄成了唱片，賣得比誰都好，漸漸形成了一股人稱「民歌」的風潮。那是我還在幼稚園滿地亂跑的時代，家裡常常會有一些叔叔阿姨帶著吉他，坐在我家鋪著榻榻米的客廳地上，說是要開會，結果都在喝茶吃零食講笑話和唱歌。

後來我才知道，「民歌運動」很大一部分就是這樣在我家客廳開展起來的，那些歌手幾乎都還在念大學，我每次叫叔叔阿姨，他們往往露出不習慣的尷尬樣。我的同學知道家裡經常有歌手出沒，紛紛叫我替他們要簽名，我覺得丟臉死了。不過倒是有一張李建復親筆簽名的《龍的傳人》唱片現在還留著，上書「給馬世芳小朋友」。

我記得李宗盛最愛講笑話，王夢麟最愛罵髒話，鄭怡性子最急，邰肇玫酷得像大姊頭。那些年輕人經常戀愛或失戀，有時候唱著新寫好的歌，唱到一半還會哭起來。那個年頭的「民歌手」，幾乎沒有人想過要靠唱歌營生，寫歌錄唱片也是幾千塊錢就傻傻地賣斷了。而且無論有多紅、唱片多暢銷，一旦和求學就業計畫牴觸，很多人都毫不猶豫告別樂壇。

回頭想想，這種別無所求的天眞精神，也是「民歌」時代最動人的特質之一吧。

一九八〇年的某一天，蘇來在我家看中共「十惡大審」的電視轉播，忽然回過頭對我母親說：聽說政府考慮要解除戒嚴了，這個社會總算還是有點希望的。我媽沒搭腔，我則納悶著戒嚴跟社會希望有什麼關係。那時蘇來寫了一首叫做〈中華之愛〉的歌，卻因爲有「嚮往赤色祖國」之嫌，屢次送審均未通過，最後只好加寫一段「要努力奮起復我河山」的「光明尾巴」，才獲准出版。在那個「不接觸不談判不妥協」的年代，有一陣子甚至連提到「故鄉」兩個字的歌都會禁播。誰能想像二十幾年之後，國民黨會變成在野黨，當年的新聞局長會在北京和中共總書記握手……。

我記得李雙澤的〈美麗島〉和〈少年中國〉常常是連在一起唱的，那個年頭沒有誰覺得奇怪，現在的青年人恐怕是難以理解的了。〈美麗島〉的旋律真是漂亮，當時常常用作演唱會結束時大合唱的曲目。沒有人知道這首歌會變成一本黨外雜誌的名字、變成地下流傳的禁忌祕語、變成光芒萬丈的認同符號、最後終於被大多數人遺忘……早在美麗島事件之前，〈美麗島〉和〈少年中國〉便雙雙被禁播，前者據云是「鼓吹分離意識」，後者又似乎有「嚮往赤色祖國」之嫌，李雙澤地下有知，恐怕會氣得跳腳。

我記得一九八一年十月在高雄的「天水樂集」演唱會，二十二歲的李建復入伍當兵前的最後一場演出，全國成千上萬的女歌迷都捨不得他。會後李建復在場外的一張長桌上替歌迷簽名，眾多迷妹大呼小叫擠成一團，連旁邊比人高的盆栽都被碰倒，玻璃門也險些被擠碎。那是「民歌」時代的尾聲，那天的迷妹們，如今有不少人的女兒可能正在以同等的熱情瘋魔周杰倫和王力宏呢。

後來，在「民歌」漸漸沒落，卡拉ＯＫ和ＫＴＶ還來不及發明的時代，最屌的那家唱片公司叫做「滾石」：齊豫、潘越雲、陳淑樺、張艾嘉、羅大佑、李宗盛、羅紘武、趙傳、陳昇、林強……八〇年代「滾石」全盛期的每張唱片，幾乎都是一種新觀念、一片新天地。那眞是一段「太平盛世」的黃金歲月。

在漫長綿延、景氣起伏不定的八〇年代，流行音樂脫去了民歌時期的天眞青澀，化身爲整個社會的發聲筒，成年人的「眞實世界」和青年人的狂狷夢想一塊兒入了歌：蘇芮的〈一樣的月光〉、潘越雲的〈謝謝你曾經愛我〉、張艾嘉的〈忙與盲〉、陳淑樺的〈那一夜你喝了酒〉、張雨生的〈我的未來不是夢〉、林強的〈向前走〉、葉蒨文的〈瀟灑走一回〉、陳雷的〈風眞透〉、葉啓田的〈愛拚才會贏〉……每一首歌，都是一塊社會的切片，這是一個和七〇年代完全不一樣的世界，有著截然不同的色彩、節奏和情緒。就連彼時初興、鎖定年輕男女

羅大佑《青春舞曲》，一九八五年出版，記錄他一九八三、八四兩年的中華體育館歲末演唱會實況。

的偶像歌手，都充滿了日系的摩登風情：楊林、林慧萍、方文琳、伊能靜、紅唇族、城市少女（多麼理直氣壯的團名啊），當然還有轟動一時的小虎隊和憂歡派對（因爲這樣的藝名，她倆拍照時非得一個傻笑、一個裝苦臉）。

我記得搖滾樂悄悄在樂壇建立灘頭堡。蘇芮在國父紀念館的舞台上一身亮黑奮力唱著〈一樣的月光〉，李壽全彈著電吉他使出渾身解數唱著〈我的志願〉。他唯一的專輯《八又二分之一》，集合了陳克華、張大春、吳念眞和詹宏志的詞作，和之前他製作的兩張「天水樂集」唱片一樣銷量慘澹，如今卻成爲公認的經典——說來有趣，這位王牌製作人最厲害的作品，似乎都是爲了後世更成熟更聰明的耳朵準備的。

最難忘的，當然還是羅大佑。一九八四年的最後一天，羅大佑在還沒被燒掉的中華體育館辦演唱會。那年我十三歲，剛上國中，自覺不再是「小朋友」，於是努力要裝出世故的表情，跟著滿屋子大人大喊、拍手。羅大佑仍然是招牌的黑衣墨鏡爆炸頭，配一雙白得刺眼的愛迪達球鞋。唱完最後一首歌，他把手上的鈴鼓遠遠一扔，台下掀起一陣尖叫，上百雙手高高伸出去。那只在空中旋轉著劃出一道漂亮弧線的鈴鼓，是那一夜最鮮明的畫面。辦完這場演唱會後不久，筋疲力竭的羅大佑離開台灣，暫別歌壇。他再度回來開「音樂工廠」的時候，台灣已經解嚴，世界變得完全不一樣了。

就在羅大佑「出走」的那幾年，我冒出青春痘、長出喉結和鬍渣、戴上了眼鏡。急著想長大，卻又不清楚大人世界是什麼模樣。回頭去聽羅大佑的舊專輯，赫然發現他的作品洋溢的傷逝、壓抑與世故，正好是我們想像中的大人世界最完美的主題曲。

一九八九年暑假，大學聯考放榜之前，幾個相熟的哥兒們約好到北海岸誰家的別墅去玩三天。不知道爲什麼，那個夏天整個濱海社區空無一人，一整排的別墅裡只有我們這幾個剛考完大學的孩子。有人因爲沒考好而心情鬱悶，有人因爲不知道算不算戀愛的情事而心情鬱悶。入夜以後，我們把羅大佑的錄音帶塞進卡拉ＯＫ機，音量開到最大，用灌過台啤的喉嚨，向著遠方的大海和滿天星星卯足了氣力唱〈將進酒〉：

多愁善感你已經離我遠去／酒入愁腸成相思淚
驀然回首／想起我倆的從前／一個斷了翅的諾言……

十七歲的我們眞有那麼多的愁緒嗎？我們需要的是一些濃得化不開的情緒，讓我們自覺長大了，卻又不至於一下子被大人世界呑沒。是啊，我們如此年輕，卻又不復童年的懵懂，我們總算有了値得流淚歎息的回憶。就像大佑唱的：「就在那多愁善感而初次回憶的青春」。我總覺得，關於青春，再也沒有比這句歌詞更動人的描述了。

大一快開學的一個黃昏，我把原本要用來買醜得要命的「大學服」的錢，換了一件手染的吉米．韓崔克斯恤衫，垮垮地套在身上，自覺很有浪蕩嬉皮的風情。經過台大舊體育館，聽見裡面傳出極有韻致的藍調 shuffle 節奏，電吉他不慍不火，大爲驚奇。於是跑進去聽這個正在排練的叫做 China Blue 的樂團，然後就一路待到了半夜。那是水晶唱片辦的第二屆「台北新音樂節」，玩藍調搖滾的長髮眼鏡胖子叫做吳俊霖，那似乎是他生平第一場正式演出。還有另外一個個頭比較小的眼鏡胖子叫做林暐哲，激昂萬分地唱了一首叫做〈民主阿草〉的歌，並且向台下稀稀落落的觀眾大喊：「台灣ㄟ枝仔冰，站起來！」我於是知道，新的音樂時代彷彿又要開始了。

台下的觀眾之一，是同樣留著一頭長髮的薛岳。我記得他看著台上的伍佰說：「這傢伙還可以，不過要再多練練。」當時薛岳並不知道自己只剩一年多可活，更不會知道自己生命中的最後一場演唱會「灼熱的生命」，竟成爲台灣搖滾史上最動人的絕響。伍佰當然也不曉得再過三年他就會變成全台灣最紅的男歌手，而且還是有史以來第一個登上娛樂版最前線的搖滾吉他手。

那時候，「搖滾」還是一種帶著祕密結社氣味的極小衆樂種。一頭長髮的薛岳和劉偉仁都恪於新聞局的規定而不能上電視，更別說本來就不喜歡上電視的「小孩」羅紘武了。不過這並不能阻擋雄心壯志的老岳、阿仁和小孩，早在伍佰出道前好幾年，老岳做出了〈你在煩惱些什麼呢？親愛的〉，阿仁做出了〈離身靈魂〉，都是極爲動人的搖滾經典，而小孩摧肝裂膽的〈堅固柔情〉，更是無法重現的歷史巓峰。這些專輯當年都賣得不怎麼樣，如今瘋魔著五月天和F

ＩＲ的年輕樂迷，恐怕也不太有機會認識它們——直到現在，這幾個名字都還是帶著祕密結社的氣味。然而若是在適當的時刻對適當的人提起這些名字，你會遇見一對溼潤的眼眶，還有一番關於青春記憶的激切傾吐。

在新生訓練的社團聯展攤位上，我拿到一份叫做《台大人文報》的刊物，四版頭條的文章標題就是「站起來的台灣枝仔冰」，作者是比我大兩屆的黃威融。後來我加入那個社團，學著編刊物、寫文章、交朋友、談戀愛，而且認認眞眞聽了很多很多音樂。回想起來，之後十幾年的「人生主旋律」，好像就是在那個時候悄悄「定調」的。

我有幸以一雙天眞的眼睛見證了一整個世代創作歌謠的勃興，如今則意外踏上了母親三十年前走過的道路——做廣播、寫音樂文章、參與創作歌曲的催生。我相信再怎麼不景氣，每個時代都還是需要動人的歌。只是在這個時代，做音樂這一行的，心裡最在乎的事情，往往早已不再是音樂了，這才是最悲哀的事情。

我相信只要你能像大佑說的「拋開一些面子問題」，讓歌回歸到音樂的本質，新的燎原大火，其實隨時都會燒起來的。那捧火種，也許早就「捂」在那兒，悶燒很久了。或許，我們應該回到當初那個「沒想太多」的狀態裡面。或許，我們終將發現，在這個亂七八糟的時代，仍然會誕生二十五年後足以讓我們的兒女感動落淚的作品——就像現在我們還在時時重溫的那些老唱片一樣。

（二〇〇五）

那時，我們的耳朵猶然純潔

時間是一晚一晚地過去，每晚我都在黑暗中等待著黎明，每一次都希望，這是最後的等待……

——李雙澤，一九七四年寫給李元貞的信

Strap yourself to a tree with roots,
You ain't going nowhere.

——巴布．迪倫，一九六七年

這幀相片，是從一本叫做《搖滾筆記》的記事簿翻拍下來的。這本筆記由

巴布・迪倫攝於一九六二年。取材自一九七八年出版的《搖滾筆記》。

張照堂主編，是一九七九年份的記事曆。裡面總共放了五十四張搖滾樂手的相片，扉頁大剌剌印著一行黑體字：「搖滾是一種折磨以前自省以後的喜悅」。

這張照片就擺在一月一日那頁，相片裡邊吸菸邊唱歌的迪倫只有二十一歲，卻已經寫下平生最著名的那首歌曲，一連問了十二個沒有人能回答的問題：一座高山要屹立幾年，纔會滑入大海？一些人要活多久，纔能重獲自由？一個人要幾次昂首，纔能看見藍天？又要長幾隻耳朵，纔能聽見人們哭喊？答案哪，朋友，在茫茫的風裡。

這個本子已經綻線掉頁，上面密密麻麻寫滿了七〇年代末的行事曆和通訊錄。這個失聯的人名、無效的地址、過期的電話和廢棄的證件構築的廢墟，包圍著那些搖滾歌手的照片，一頁頁猶然年輕、意氣風發的容顏。「折磨以前自省以後的喜悅」？一九七九年，台灣與美國斷交，傳唱全島的歌是〈龍的傳人〉和〈中華民國頌〉。也是這年，張照堂替楊祖珺的首張個人專輯拍攝封面照，唱片上市纔兩個月，就因爲官方壓力而全面回收，恐怕多半都被銷毀了。

半年之後，美麗島事件爆發，飄風烈烈，迪倫二十一歲那年寫下來的問題，還是沒有人能夠回答。

老鼓手呀老鼓手呀
我們用得著你的破鼓但不唱你的歌
我們不唱孤兒之歌也不唱可憐鳥
我們的歌是青春的火焰是豐收的大合唱
我們的歌是洶湧的海洋是豐收的大合唱

——〈老鼓手〉，梁景峰詞、李雙澤曲

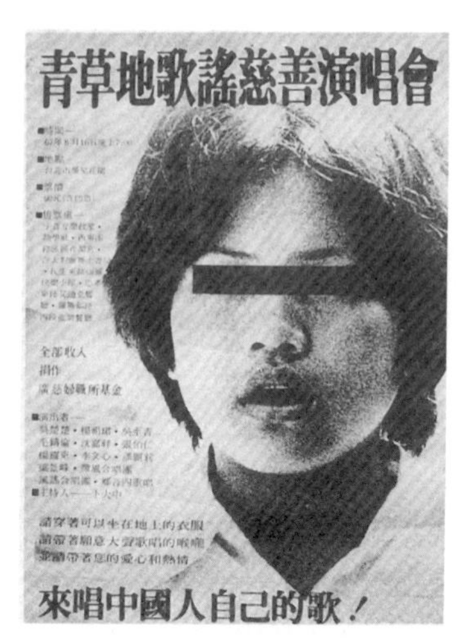

青草地歌謠慈善演唱會
來唱中國人自己的歌！

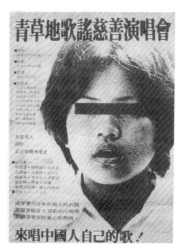

「青草地演唱會」宣傳海報，林洲民攝影，姚孟嘉設計，照片中是廣慈博愛院的女孩。

這是姚孟嘉替楊祖珺主辦的「青草地演唱會」設計的海報。不愧是《漢聲》雜誌的大將，這張海報二十多年後再看，仍然酷極。

一九七八年，楊祖珺二十三歲，剛剛辭掉台視「跳躍的音符」

的主持工作。她在節目裡總是一身襯衫牛仔褲，背著吉他，在電視上唱瓊．拜雅（Joan Baez）的歌、新生代的創作曲、傳統民謠，還有李雙澤的遺作。這個節目很受歡迎，每星期總能收到一百多封觀眾來信。直到新聞局規定所有綜藝節目都要演唱新聞局審定的「淨化愛國歌曲」，她才決定不幹了。

這年八月，楊祖珺在榮星花園舉辦「青草地演唱會」，廣邀當時最受歡迎的新生代創作歌手登台演出，爲廣慈博愛院的雛妓募款。她做夢也沒想到這竟是台灣戰後第一次的戶外大型演唱會，而情治單位總是把「戶外集會」跟「群眾運動」劃上等號，繼而替她扣上「搞工運、學運、串連社運」的大帽子。自此，楊祖珺遭到無窮無盡的騷擾和封殺，壓力如此巨大，年輕的她幾乎無法承受。當時，蔣勳是這麼寫的：

……堅持著往善良、光明、正義一面走去，同時要含忍著一切「惡」的訕笑、屈辱與打擊啊！我便看到了祖珺的頹喪、自棄。她甚至酗酒，把自己撞死在暗夜的路上……車禍後的祖珺，躺在淡水一間醫院中，滿面傷

楊祖珺個人專輯，張照堂封面攝影，一九七九年五月出版。

口，倔強地沈默著……。

讀楊祖珺一九九二年的自傳《玫瑰盛開》，可以清楚看到當年那個天眞熱血的青年，如何被環境逼迫，在一連串的挫折和幻滅之後，終於看到外在體制的荒謬、蠻橫、醜惡。在那個肅殺的年代，一旦洞悉體制的不合理，出路不外乎抵抗、逃逸或者妥協。她最後選擇的是一條激進的道路，直接投入黨外陣營，踏上政治運動的道途，並且，放棄了歌唱。

當然，照片裡這個二十出頭的女子，不可能預見自己後半生的波瀾起伏。一九七九年五月，楊祖珺摒棄唱片公司沿襲的制式美工，自己找張照堂設計封面，出版了她唯一一張個人專輯，短短兩個月就賣掉將近一萬張。就在這時候，唱片公司風聞楊祖珺是「問題分子」，深怕惹禍上身，迅速把市面上的唱片回收銷毀，這張專輯就這麼絕版了。

我的朋友S幾年前到牯嶺街閒晃，有家舊書攤不知怎地弄到六七百張電台資料室淘汰的LP唱片，老闆說這種東西沒什麼人要，通通十塊便宜賣。S聞訊大喜，趴在店裡翻了整整一下午，搞得臉孔雙手衣褲全都沾滿黑灰。在比人還高的唱片堆裡，他赫然翻到這張逃過劫數的楊祖珺專輯，連內頁歌詞都完好無缺。裡面每首歌都有電台主持人用原子筆註記的號碼，86、82、93、81……，這是歌曲送審通過的代號。只有〈美麗島〉被畫了一個大叉叉，想來是「送審沒通過，嚴禁在電台播放」的意思。

S沒有舊式唱機，卻又按捺不住興奮，當場飛車來找我，連手都沒來得及洗。我們屏住呼吸、抽出這張唱片，驚奇地發現，儘管歷經近二十年光陰，它的狀況卻相當完好，既無霉斑，也無刮痕。我們小心翼翼把唱片裡外的灰塵刷乾淨，打開已經不大聽的老唱機，讓唱針落下。必必剝剝的炒豆子聲中，〈美麗島〉的管絃樂前奏響起，塵封了一整個世代的唱片，在九〇年代還魂了。

唱片放完，我們良久無言。那個模糊褪色的懵懂年代，一下子彌天蓋地撲過來。我記得〈美麗島〉在成爲一本黨外雜誌的名稱、繼而升級成光芒萬丈的認同符號之前，曾經是每場民歌演唱會必備的結束曲。七〇年代後半，我還是拖著鼻涕的小鬼，每次聽到「水牛稻米香蕉玉蘭花」就會呵呵大笑，於是母親總是唱這首歌逗我開心。這是一首旋律悠揚清新的歌，台上的歌手和台下的觀衆合唱〈美麗島〉的時候，氣氛總是歡快的，它所承載的諸般悲情和暗示，當時還沒有披掛上去。歌曲檢查、政治迫害、反對運動、社會實踐、國族、身分……，這些嚴重的主題，對那時候合唱這首歌的人們，會不會有些超出理解範圍，而顯得難以捉摸呢。

九〇年代中期，重新與這首歌相遇，一時竟然不知道該怎麼聽它了。楊祖珺的歌聲是那樣乾淨、用心是那樣純良，就跟她在內頁認認眞眞寫下的問題一樣：「我總在心中惶惶恐恐地想著：我的歌聲足以回答社會上關心我的人們的愛心嗎？如果音樂除了作爲娛樂的消遣品而外，不能在這大時代中負起一份該盡的義務與責任，音樂的存在是必要的嗎？」

這好像眞的是那個年代才會出現的文句。如今誰還會把「大時代」跟自己聯想在一起呢？

……靈車慢慢地移動，李元貞怨恨地敲打著棺木：「雙澤，你去死

李雙澤紀念音樂會的專冊封面校樣。一九七七年九月十日，他爲了救人而在淡水被大浪捲走，得年二十八歲。

吧！我們不寄望你一個人，我們寄望所有中國人！」十幾名朋友坐在棺材四周，在壅塞的台北市區，紅燈亮時，附近車內的人都探頭望著我們——這群時而哭泣、時而唱歌、時而對著棺木講話的一群人。那時沒有開口的，大概就只有安靜躺著的李雙澤，心中還在思索究竟的我以及靈車角落紅著雙眼的蔣動吧！

棺木推進了焚化爐，胡德夫拍拍我的肩膀，暗示我到屋外。

「你看！雙澤在那裡！」他指著焚化爐煙囪冒出的那一大股濃煙。

——《玫瑰盛開》，楊祖珺

一九七七年九月，李雙澤葬禮的前一天，胡德夫和楊祖珺來到台大對面的「稻草人西餐廳」（也就是半年前陳達從恆春北上駐唱的地方），兩人連夜整理出九首李雙澤和梁景峰合作的歌，錄成了一捲卡帶。有些歌才剛寫好，李雙澤來不及留下錄音，他們只能依照凌亂的手稿一個音一個音地學著彈唱。後來傳唱全台的〈美麗島〉和〈少年中國〉，就是在這天有了最早的錄音版本。

李雙澤傳世的創作曲，就僅有這九首歌。楊祖珺和胡德夫錄的這捲卡帶一直沒有正式出版，卻在之後的二十年間被輾轉傳拷、四處流傳。卡帶裡面〈美麗島〉和〈少年中國〉是錄在一起的，在那個禁忌剛要鬆動的年代，「身分認同」的焦慮好像還不是太嚴重的問題，這兩首歌錄在一起，也沒人覺得有什麼不對。有趣的是，新聞局後來一視同仁地查禁了這兩首歌——〈美麗島〉是因爲「鼓吹台獨」，〈少年中國〉則有「嚮往赤色祖國」之嫌。李雙澤地下有知，想必會氣得蹬腿吧。

爲著許多始料未及、互相牽纏的歷史因緣，這捲卡帶，連同李雙澤自己用手提錄音機留下的寥寥幾首歌曲，漸漸變成一個世代共同擁有的祕密，一種心照不宣的認同符號。兩年後，其中一首歌甚至替台灣戰後政治史最驚心動魄的事件提供了大標題。

直到八〇年代晚期，在新一輩的學運青年之間，一只破洞的舊書包、一疊「南方出版社」的新左派論著、一套公館路邊書攤買來的大陸版馬恩選，再加上這捲迭經轉錄的卡帶，就算是「運動菁英」的標準配備了。儘管私底下他們可能還是比較喜歡平克．弗洛伊（Pink Floyd）和齊柏林飛船（Led Zeppelin），聆聽這捲歷史錄音，卻跟唷讀《共產主義宣言》、學唱〈國際歌〉一樣，是躋身某個圈圈必不可少的隆重儀式。

去年冬天，我到一位老學長家裡作客。他曾經是八○年代投身學運的熱血青年，後來赴美念博士，接著回國結婚，到民進黨主政的台北市政府當公務員。凌晨兩點多，酒過三巡，四鄰闃靜，我們不經意聊起七○年代的音樂。他喝多了，跌跌撞撞跑進房間，摸出這捲舊卡帶、塞進客廳的音響，然後一屁股坐在地上，怔怔地聽，任指間的香菸愈燒愈短，菸灰一截截落在地毯上。音響傳出二十年前李雙澤自彈自唱的聲音，那聲音有一大半掩埋在層層雜音嘶聲之下，聽起來悠遠飄渺，又像隔著一堵厚厚的牆。我學長緩緩低下頭，默默啜泣起來。那幅景象，眞是無比淒涼。

幻滅——幻滅是跟死亡跟春天同樣流行的
一種頹廢（我們陷落在一樁美麗的陰謀裡）……

——〈一九七六斷想〉，楊澤

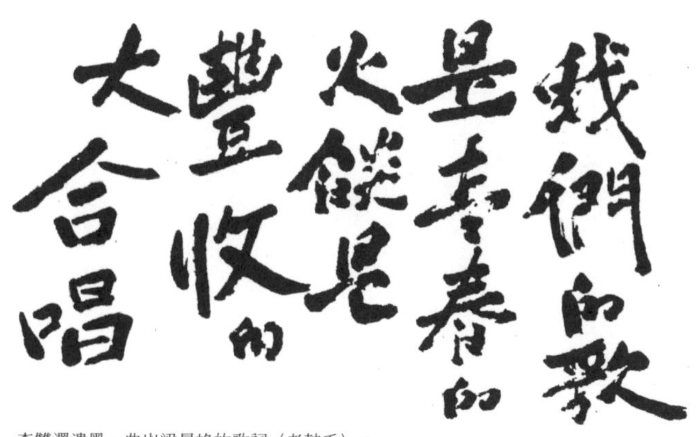

我們的歌
是青春的
火燄是
豐收的
大合唱

李雙澤遺墨，典出梁景峰的歌詞〈老鼓手〉。

換個角度說，李雙澤或許也算幸運的吧。那樣一個熱血沸騰的漢子，絕不會在後來台灣社會的翻騰動盪中置身事外。他會選擇靠邊站嗎？他會像楊祖珺一樣投身反對運動，在不同的陣營經驗相同的幻滅嗎？在這個犬儒與自嘲成爲共同習慣的時代，他還寫得出歌嗎？李雙澤畢竟不必面對那些，只留下九首歌，就化爲輕煙，瀟灑地走了，把幻滅和尷尬留給活著的人。

當然，這些都只是一個後生晚輩不負責的猜想。在另一個喝酒清談的深夜場合，我看到兩位在文化圈打滾多年的頭臉人物竟然爲李雙澤爭辯起來。他們都已兩鬢飛霜，各自在聲譽卓著的出版單位掌管決策大權，卻在那一夜孩子氣地吵得面紅耳赤。導火線是：李雙澤若是活了下來，究竟會不會「變節」，變得「跟那些人一樣」？

吵了一陣，兩位中年男子不勝酒力，都累了。嘴裡卻仍然不甘願地嘟囔著：

「像他那種左派，後來八成就會變成那樣……」

「他不一樣，你不能用左派去套他，雙澤不是那樣的……」

彷彿要再次說服自己似地，這位眼鏡滑落鼻梁、頭髮散亂的總編輯，反覆叨念著：「雙澤不只是左派……他不是那樣的，他不一樣。」

另一位滿眼血絲、歪坐在沙發上的前輩，只默默乾了一杯陳高，沒有再說什麼。我覺得，他們根本不是要講李雙澤，反倒像是在逼問自己，這麼多年下來，究竟是不是變節了……。

李雙澤瘋狂迷戀過巴布．迪倫的作品，據說在他剛開始創作的時候，不管怎麼彈、怎麼唱，腦中都是迪倫的旋律，令他痛苦萬分。我想他一定知道，迪倫曾經唱過這樣的歌詞：

To live outside the law,
You must be honest...

某些句子，就像他那幅墨色淋漓的題詩，經過二十多年，仍然怵目驚心，不斷刺痛我們的良心。聽著那些古老的錄音，紛沓而至的是李雙澤毫無遮攔的笑容、楊祖珺和胡德夫年輕的面孔、許多理直氣壯的宣言和口號、許多伸向天空的拳頭、許多被遺棄的夢想。格言和教條就像刻在牆上的驚歎號，盡皆崩解風化。我不禁想道：還有什麼，可以比死亡更誠實呢。

舉目四顧，到處都是嘈嘈切切的聲響，背後卻又隱約埋藏著更巨大的蒼涼。跨在青春與壯年的門檻，望著泛黃的書頁裡猶然年輕、叼著菸唱歌的迪倫，說實在的，我依舊沒有答案。

（一九九八）

「美麗島」的前世今生

一九七三年，「笠」詩社的前輩女詩人陳秀喜寫了一首題爲《台灣》的詩，反映了那個風雨飄搖的時代，同時也把對未來的寄託，重新放回了腳下這片土地：

形如搖籃的華麗島／是　母親的另一個／永恆的懷抱
傲骨的祖先們／正視著我們的腳步／搖籃曲的歌詞是
他們再三的叮嚀／稻　米／榕　樹／香　蕉／玉蘭花
飄逸著吸不盡的奶香／海峽的波浪衝來多高／颱風旋來多強烈
切勿忘記誠懇的叮嚀／只要我們的腳步整齊
搖籃是堅固的／搖籃是永恆的／誰不愛戀母親留給我們的搖籃？

誕生／我唱歌給你聽／美麗島／東北太平鼓舞曲
新格
SYNCO

楊祖珺個人專輯封底，收錄〈美麗島〉最早發行的版本。一九七九年五月出版，同年七月迫於當局壓力，全面回收銷毀。

七〇年代初，台灣退出聯合國，短短三年不到，就有二十多個邦交國陸續和台灣斷交。彼時我們對這片島嶼最常用的稱呼是「自由中國」，警察滿街追捕長髮「嬉痞」然後抓進警局剃光頭，年輕人最時髦的去處是「野人」、「艾迪亞」、「稻草人」這些播放、演唱著搖滾樂的咖啡室。披頭的翻版唱片一張八塊五毛，牯嶺街的書攤除了可以挖到三〇年代「陷匪」和「附匪」作家的禁書，還有美軍帶來的《生活》（*Life*）畫刊，裡面登載著越戰實況、校園示威和年輕男女抽大麻的照片。保釣運動從台灣校園延燒到北美，而收音機裡震天價響、反覆播送的口號，是「莊敬自強／處變不驚」。

就在這樣一個既壓抑又激昂的時代，一群青年人從存在主義的蒼白和搖滾樂的喧囂中抬起頭來，發現了洪通的素人畫、朱銘的木雕、陳達的恆春民謠、還有黃春明和王禎和的小說。那是許多人的「啓蒙時刻」，他們不安地蠢動起來——那是一種揉雜著素樸的正義理想（以彼時的政治氣氛，沒有人敢公然提起『左』這個形容詞）與純眞的國族情感（那時『台灣』和『中國』還沒有成爲對立的辭組），在壓抑中漸漸累積的一股衝動。那股衝動，或許可以翻譯成「在這樣一個悶到不行的時代，我們非得幹出些什麼事情不可」。

於是段氏兄弟創辦了《滾石雜誌》，成爲「滾石唱片」的前身；向子龍把陳達老人請到台北，從大學校園一路唱到「稻草人西餐廳」；張照堂把電視台的「新聞集錦」玩成實驗性的影音拼貼，再過幾年就要和雷驤、杜可風、阮義忠一起改寫台灣紀錄片史；林懷民的「雲門舞集」則把八家將和宋江陣都搬上了國父紀念館的舞台……。

一九七四年，胡德夫在國際學舍辦了第一場創作發表會。一九七五年，楊弦在中山堂辦了「中國現代民歌」演唱會，後來出了唱片，轟動全國，成爲點燃「民歌運動」的燎原之火。一九七六年，淡江畢業的菲律賓僑生李雙澤在一場演唱會上拿著可口可樂跳上台，忿然質問：我到過菲律賓、台灣、西班牙、美國，所有年輕人都喝可口可樂、都在聽洋歌，請問我們自己的歌在哪裡？然後他在滿堂倒釆中，唱起了〈補破網〉。「唱自己的歌」漸漸成爲共識，結合了當時同仇敵愾的民族情緒、青年人的世代自覺、初初萌芽的鄉土意識和不假他求的原創精神，它們都是「民歌運動」早期最重要的思想基礎。

李雙澤在一九七七年夏天一口氣寫了九首歌，包括後來成為傳奇的〈美麗島〉。它的歌詞脫胎自陳秀喜的詩，由淡江的年輕老師梁景峰改寫而成：

我們搖籃的美麗島　是母親溫暖的懷抱
驕傲的祖先們正視著　正視著我們的腳步
他們一再重複地叮嚀　不要忘記　不要忘記
他們一再重複地叮嚀　篳路藍縷　以啓山林
婆娑無邊的太平洋　懷抱著自由的土地
溫暖的陽光照耀著　照耀著高山和田園
我們這裡有勇敢的人民　篳路藍縷　以啓山林
我們這裡有無窮的生命　水牛　稻米　香蕉　玉蘭花

李雙澤為什麼能夠寫下這樣完美的旋律，是一樁無解的謎。唯獨〈美麗島〉這首歌，詞曲咬合之無懈可擊，旋律之美麗懾人，在在超越了時空環境的拘

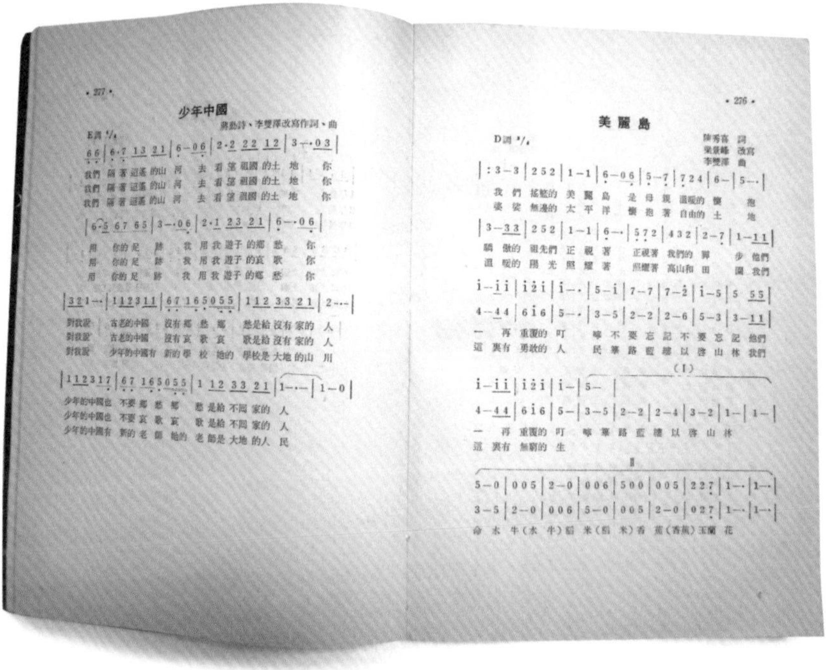

李雙澤文集《再見．上國》附錄，〈少年中國〉與〈美麗島〉排在一起。

限。假如李雙澤繼續寫歌，他還會留下什麼樣的精采作品？我們永遠得不到答案了——一九七七年九月，李雙澤為了救人而淹死在淡水海邊，得年二十八歲。他自己還來不及替〈美麗島〉留下錄音，葬禮現場播放的歌，是由老友胡德夫和楊祖珺合唱——前一天晚上，他們連夜整理李雙澤的手稿，在「稻草人」西餐廳錄下了這首歌傳世最早的錄音版本。

因為好聽易學，〈美麗島〉很快就傳唱開來，之後的兩三年，幾乎每一場民歌演唱會，都會以全體歌手和觀眾合唱〈美麗島〉作結。一九七七年，胡德夫在陶曉清籌劃的民歌合輯《我們的歌》裡演唱了〈牛背上的小孩〉、〈匆匆〉、〈楓葉〉幾首作品，是他第一次錄唱片。一九七九年四月，楊祖珺的首張專輯收錄了〈美麗島〉，是這首歌第一個公開發表的版本，然而唱片公司風聞楊祖珺投入社運工作，四處到工廠、農村和學校演唱，是個「問題人物」，發行才兩個月，就把專輯回收銷毀了。她和戰友胡德夫，從此被貼上「偏激分子」的標籤，不僅作品被全面封殺，也無法再參與演唱會（否則警總會找主辦單位的麻煩，同台的歌手還會被迫寫悔過書）。誰也不會想到，胡德夫再度為唱片獻聲，竟要再等二十多年，而楊祖珺後來投身反對運動，更是徹底和音樂圈斷絕了往來……。

專輯被銷毀後兩個月，黨外雜誌《美麗島》創刊，刊名是周清玉從唱片得到的靈感。四個月後，高雄「美麗島事件」爆發，這首歌也自此萬劫不復，從所有公開場合消失、轉入地下，等到八〇年代晚期禁忌鬆綁的時候，除了極少數「運動圈」分子，大多數人都忘了它怎麼唱，甚至壓根兒不知道「美麗島」曾經是一首歌了。

離開音樂圈，胡德夫和楊祖珺雙雙投身反對運動最前線，他們曾經在競選的卡車上合唱〈美麗島〉、在政見發表會現場義賣的錄音帶裡灌唱〈美麗島〉、在群眾運動的場合教唱〈美麗島〉。二十幾年過去，他們一路經歷了我輩難以想像的磨難與挫折。即使在戒嚴體制崩潰之後，仍然有很長一段時間，他們不太願意提及昔日歌唱的那段歲月，彷彿一旦憶起那些洶湧澎湃的歌，好不容易癒合的傷口又要被撕開。

直到一九九六年，王明輝力邀胡德夫參與黑名單工作室《搖籃曲》專輯錄

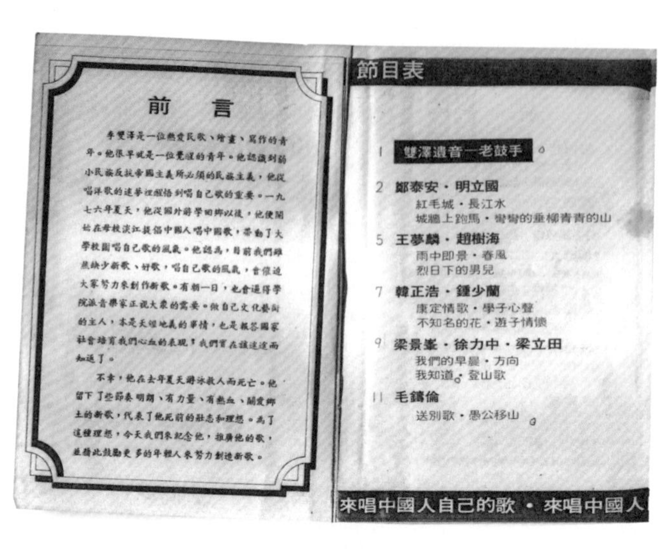

前言

李雙澤是一位熱愛民歌、繪畫、寫作的青年。他很早就是一位覺醒的青年。他認識到弱小民族反抗帝國主義所必須的民族主義，他從唱洋歌的迷夢裡醒悟到唱自己歌的重要。一九七六年夏天，他從國外游學回鄉以後，他便開始在母校淡江提倡中國人唱中國歌，帶動了大學校園唱自己歌的風氣。他認為，目前我們雖然缺少新歌、好歌，唱自己歌的風氣，會催迫大家努力來創作新歌。有朝一日，也會逼得學院派音樂家正視大眾的需要。做自己文化藝術的主人，本是天經地義的事情，也是報答國家社會培育我們心血的表現？我們實在該這這而知道了。

不幸，他在去年夏天游泳救人而死亡。他留下了些節奏明朗、有力量、有熱血、關愛鄉土的新歌，代表了他死前的壯志和理想。為了這種理想，今天我們來紀念他，推廣他的歌，並藉此鼓勵更多的年輕人來努力創造新歌。

節目表

1 雙澤遺音—老鼓手

2 鄭泰安・明立國
紅毛城・長江水
城牆上跑馬・彎彎的垂柳青青的山

5 王夢麟・趙樹海
雨中即景・春風
烈日下的男兒

7 韓正浩・鍾少蘭
康定情歌・學子心聲
不知名的花・遊子情懷

9 梁景峯・徐力中・梁立田
我們的早晨・方向
我知道・登山歌

11 毛鑄倫
送別歌・愚公移山

來唱中國人自己的歌・來唱中國人

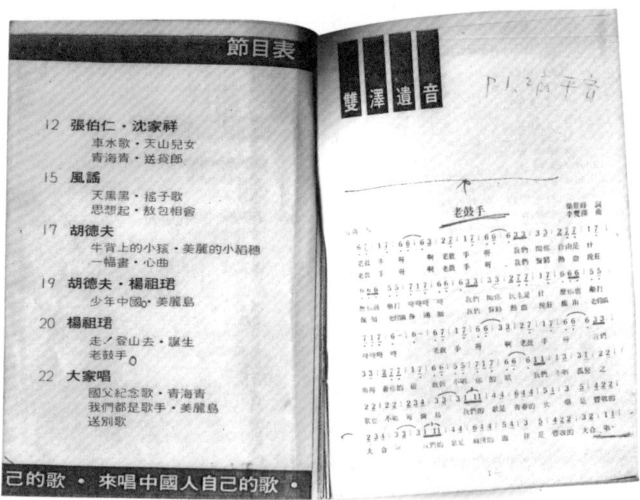

節目表

12 張伯仁・沈家祥
車水歌・天山兒女
青海青・送貨郎

15 風謠
天黑黑・搖子歌
思想起・敖包相會

17 胡德夫
牛背上的小孩・美麗的小稻穗
一幅畫・心曲

19 胡德夫・楊祖珺
少年中國・美麗島

20 楊祖珺
走！登山去・誕生
老鼓手

22 大家唱
國父紀念歌・青海青
我們都是歌手・美麗島
送別歌

己的歌・來唱中國人自己的歌・

李雙澤紀念音樂會的專冊內頁，記錄了當時參與的歌手與演出曲目。

音，我們才再度聽到他久違的聲嗓。長年的顛沛流離，在他的肉身和心靈都留下了難以想像的傷痕。Kimbo（胡德夫的別名）已經滿頭白髮，而他的歌聲，和一九七七年意氣風發的錄音相比，愈發顯得深邃、黝黑，像是剛剛踏出死蔭的幽谷。

當年和胡德夫一起清談歌唱的老友、和他一起衝州撞府的戰友，如今有許多都變成了台灣最有錢、最有權的人。敏督利颱風來襲時，他用幾通電話就調到賑災物資、弄到了直升機，然後立刻拋下專輯工作，往南投災區飛去。然而，無論他過眼的錢財權位是多麼令人咋舌，Kimbo自己從來沒有過上幾天好日子。他當過油漆工、在工地扛水泥、釘板模、綁鋼筋……，別人替他不平，他卻說了一個小故事：

有一次在阿里山達邦部落的河裡，看到一群小孩子在游泳，小朋友很快樂地分享那個河水，又說著「我們原住民」怎樣怎樣……很自信很驕傲。那時我心裡想，如果我曾努力做過什麼事，所求也不過如此吧！自己要有信心，能夠站起來，像個浪人也沒有關係……。

這些年，日子再怎麼難過，胡德夫始終沒有忘記音樂。生命中殘酷的磨難，卻讓他的歌聲與琴藝眞正「熟成」了。近年，他的現場演出在年輕世代之中找到許多知音，這些年輕人多半在李雙澤逝世的時候都還沒出生，卻在Kimbo的歌聲裡找回了熊熊燃燒的青春之火。

近幾年，胡德夫演唱〈美麗島〉的時候，會在最後加上一段新詞。他說，這是回應故友李雙澤的答唱，想要告訴他，我們生長的地方，的確是美麗的：

我們的名字叫做美麗／在汪洋中最瑰麗的珍珠
福爾摩莎／美麗／福爾摩莎……

二〇〇五年，胡德夫五十五歲，終於出版了第一張個人專輯《匆匆》，他行走江湖、吞吐著大山大海的聲嗓和鋼琴，直搗胸臆、渾然天成。文化圈的顯赫人物用盡最高級形容詞讚美Kimbo，然而他只尷尬地說：面對這些褒獎與稱讚，他「極不對位、極不自在」，他說：

我唱歌無所求，我所歌誦的山川和人們，早已給我所需的……雲海、山脈和清流，和波濤。

（二〇〇六）

我涼涼的歌是一帖藥
「民歌」小史

多少靴子在路上，街上
多少額頭在風裡，雨裡
多少眼睛因瞭望而受傷
我是一個民歌手
我的歌
我涼涼的歌是一帖藥
敷在多少傷口上……

——〈民歌手〉，余光中詩、楊弦曲，一九七五年曾經有過那麼一段日子，流行歌曲排行榜上最受歡迎的，是一群穿著T恤牛仔褲、背著吉他、自己寫歌自己唱的年輕人。他們幾乎都還在學校念書，儘管動輒出現十幾萬張唱片的銷售紀錄，這些人還是很少想到靠唱歌維生。他們最痛恨別人叫他們「歌星」，而寧願被稱作「歌手」。在這段長達七八年的時間裡，這些自彈自唱的年輕人不僅徹頭徹尾改變了台灣人對流行音樂的想法、創造出一個以學生爲主的龐大消費群，更留下了許多珍貴的歌曲，讓我們發現：單純、誠懇的創作，只要能打動人心，不必過度包裝、不必媚俗妥協，也一樣能得到巨大的迴響、超越一時的流行，成爲兩三個世代的共同記憶。

這種從七〇年代中期到八〇年代初期橫掃台灣社會的歌曲風潮，有人叫它「校園歌曲」、有人叫它「中國現代民歌」、有人叫它「新樂府」、「青年創作歌謠」……但是絕大多數的歌迷，都習慣用簡單的「民歌」兩個字，來稱呼這種清新、純情的音樂。一直到現在，提起「民歌」，不少人都還是會直接反應到這些七、八〇年代之交的創作歌曲，而非它原本指稱的那種作者失傳、經歷一代代的教唱和改編而輾轉流傳下來的民俗歌謠。

七〇年代的台灣，在一連串劇烈動盪中蹣跚前進。退出聯合國、邦交國相繼離棄、蔣介石逝世、第二次石油危機、台美斷交、美麗島事件……一個接一個的考驗，撼搖著這片島嶼上的人民。「鄉土文學論戰」之後，文化圈漸漸走出了六〇年代的虛無，開始關注起腳下的土地：《漢聲》雜誌創刊，陳達的歌、洪通的畫和雲門舞集席捲知識界，掀起了「尋根」的熱潮。每個稍稍有點意識的年輕人，都不可能自外於這種「大時代」的氣氛。

「民歌」，就是在這樣的氣氛中孕育出來的。當時有人喊出一個響亮的口號：「唱自己的歌」，這句話其實擁有兩層意義：首先，相對於時下風靡的西洋流行音樂，我們的年輕人終於要用「自己的」聲帶、「自己的」語言來創作歌曲；其次，相對於老一輩的流行音樂，年輕人要擁有「自己的」歌曲，走出陳腔濫調的套式，用「自己的」方式，唱出這一代的心聲。

這股轟轟烈烈的「民歌」創作運動到底是從哪裡開始的，其實很難說。受到美國大眾文化的影響，台灣的年輕人從一九五〇年代晚期就一直有人在搞「熱門樂團」，不過他們以翻唱西洋歌曲爲主，既沒有創作歌曲、也沒有發行專輯。英美流行音樂在六〇年代有突飛猛進的發展，許多作品脫離了「靡靡之音」的範疇、替青年世代的思想提出了有力的代言，而巴布．迪倫和瓊．拜雅（Joan Baez）社會意識強烈的民謠歌詩，也對當時戒嚴體制下的台灣知識青年，產生了可觀的衝擊。

七〇年代初，楊弦、胡德夫、李雙澤、韓正皓、吳楚楚因緣際會在哥倫比亞咖啡店相識，提起年輕人沒有自己的歌、只能靠洋歌表現自己，大家都不甘願，於是便互相鼓勵、嘗試寫歌。他們抱著吉他自彈自唱的方式，不約而同向美國六〇年代的民謠歌手看齊，與時下濃妝豔抹的「歌星」或是搞熱門音樂的小夥子，都有很大的差別。

這些努力並未匯聚成有組織的力量，作品數量也不多。直到一九七五年六月六日，台大農學院畢業的楊弦在中山堂個人演唱會上唱了八首由余光中詩作譜曲的作品，「現代民歌」運動才算有了眉目。楊弦在這年發表了《中國現代民歌》專輯，全部是余光中的詩作，被認爲是第一張有資格被稱作「民歌」的專輯；一九七七年，楊弦發表第二張專輯《西出陽關》，同樣大受歡迎，後續效應遠超過當事人的想像，也吸引更多人投入歌曲創作的行列。

一九七六年，在淡江大學的一次西洋歌曲演唱會上，剛剛從國外旅行歸來的菲律賓僑生李雙澤，拿著一瓶可口可樂上台問大家：無論歐洲美國還是台灣，喝的都是可口可樂、聽的都是洋文歌，請問我們自己的歌在哪裡？然後他在一片驚詫之中，拿起吉他唱起了〈補破網〉，此即著名的「淡江事件」。事後，校園刊物掀起一連串論爭，進一步刺激很多年輕人思索「唱自己的歌」的意義，然而李雙澤本人卻來不及留下太多作品，在次年九月不幸爲救人而淹死在淡水。李雙澤的早夭使他成爲永遠的傳奇，許多知識青年都會唱他譜的〈少年中國〉和〈美麗島〉。時至今日，仍有許多人懷念著這位熱血青年。

李雙澤的思考方向由楊祖珺、胡德夫承襲下來，楊祖珺把民歌和社會運動結合，替女工、雛妓舉辦義演，讓民歌「下鄉」，指出了一條朝向「社會實踐」的道路。然而在戒嚴時代，高壓的政治氣氛根本不容許這樣的活動持續下去。楊祖珺後來投身社會運動、放棄了民歌；胡德夫則致力於原住民運動，多年來顛沛流離，直到二〇〇五年才重回歌壇、推出生平第一張個人專輯。回首過往，他們的勇氣和堅持，替後人樹立了值得仰望的高度。

從楊弦開始，替現代詩譜曲演唱蔚爲風氣，即使是創作歌詞也充滿了詩化的文藝腔。有不少作品在木吉他、鋼琴以外，還配上了中國傳統樂器和西洋古典音樂的編曲，甚至用接近藝術歌曲的唱腔來詮釋，這種音樂是從來沒有出現過的新品種。一九七七年，廣播人陶曉清邀集楊弦、吳楚楚、韓正皓、胡德夫等歌手陸續合錄了三張名爲《我們的歌》的合輯，在毫無前例可循的狀況下，他們自己編曲、演奏、唱自己寫的歌，這是幾年來零星的創作力量第一次有組織的展現。《我們的歌》非常受歡迎，一年不到就賣了十幾版（當年賣唱片還是用『版數』計算的呢！），也連帶打響了「中國現代民歌」的旗號。

陶曉清原本在中廣主持西洋流行音樂的節目，聽了一些年輕人創作的歌曲之後，開始在節目裡播放他們自己錄的試聽帶，也邀約這些歌手來上節目，無心插柳，這些歌曲竟得到極爲熱烈的迴響，也讓許多歌手得到參加演唱會、甚至錄製唱片的機會。原來只是零零星星的創作種子，一兩年間竟然燒成了燎原大火。這是台灣有史以來第一次，年輕的知識青年認眞寫歌、演唱，廣播節目無遠弗屆的力量，在這波風潮裡扮演了相當吃重的角色。

一九七七年，就在《我們的歌》出版後不久，新格唱片公司創辦了「金韻獎」，重金懸賞優秀的詞曲作者和歌手，並且採取公開比賽的方式甄選。海山唱片公司也在一九七八年創辦了「民謠風」比賽，和「金韻獎」打對台，空前的盛況把創作歌謠帶到了完全不同的境界。

在全盛時期，金韻獎一年有好幾千人報名，能在激烈競爭中脫穎而出的，都是頂尖的人才。包美聖、陳明韶、邰肇玫、王海玲、齊豫、蔡琴、蘇來、靳鐵章、鄭怡、王新蓮、施孝榮、李建復、黃大城……，一大串優秀的歌手和創作者，都可以照金韻獎的屆次來「排輩份」。不少人後來更投入幕後製作，成爲台灣唱片業的中堅份子。經過楊弦、吳楚楚、胡德夫這些創作先驅的努力耕耘，一九七○年代末期出現的這些金韻獎、民謠風歌手，才是讓「校園民歌」眞正橫掃歌壇、深入民心的主角。

「金韻獎」和「民謠風」可以算是商業力量全面接管歌曲創作風潮的開始。歌曲的風格愈來愈多樣化，一些基本的行銷概念也出現了。一個以大學生和高

「民歌」時代的珍貴演唱實況與試聽帶，來自資深廣播人陶曉清的檔案櫃。

中生爲主要目標的唱片市場已經形成，原本那種文學氣質濃厚、充滿大時代使命感的「中國現代民歌」，漸漸被曲風清純、旋律簡單的「校園民歌」所取代，內容多半在描寫學生時代的青春情懷。出片的歌手年紀都很輕，多半還在念書，並不是每個人都寫歌。他們透過一場場演唱會拉近和學生群衆的距離，而這些好記好唱的歌，對大多數年輕人而言是更親切的。

校園民歌的興盛，幾乎帶起了「全民吉他運動」。那是個沒有卡拉ＯＫ的時代，「一起唱歌」是指三兩好友找個空曠的角落，拿出吉他，大家一起唱，這是年輕人最喜歡的休閒活動之一，也連帶使樂器行和吉他教室生意大好。當時市面上流行一種迷你歌本，定期更新、收錄數百首歌曲的簡譜，大受歡迎，幾乎人手一冊。

原本賣到一兩萬張就算是很暢銷的唱片市場，在金韻獎推出合輯之後，出現了十萬張以上的銷售量，還不包括數倍於此的盜版。隨著唱片愈賣愈好，編曲跟錄音的技術也愈來愈進步，整個感覺更精緻、更專業，更像是「流行音樂」了。寫詞、作曲、演唱、製作的分工愈來愈精細，加上唱片公司願意花錢投資，超過百萬元的大製作紛紛出現。早期民歌那種「自己動手做」的「手工業」感覺，乃漸漸絕跡。既然做唱片有利可圖，唱片公司也比較敢投入更多的成本去呈現精緻的音樂品質。新格唱片的姚厚笙不僅在唱片的錄音、編曲、製作各方面都投入大量的資金，更在抬高唱片零售價的同時，從日本引進自動糊封套機和高品質的刻片機，品管有問題的唱片一律回收，使台灣自己壓製的唱片漸漸接近國際水準。

商業力量的介入，未必表示作品必須犧牲「純度」，相反地，在資金充裕、製作環境日趨精良的條件下，創作者甚至可能獲得更大的空間來揮灑創意、實現理想。一些古典音樂科班出身的創作者，像李泰祥、陳揚，都發揮長才，替民歌手編曲作曲，譜出像〈偈〉、〈橄欖樹〉這些膾炙人口的名作。發展到後期，甚至出現像《柴拉可汗》、《一千個春天》這樣結合中國古典戲曲、西方民謠和現代搖滾的實驗性作品。在經費拮据的「手工業」時代，這樣的創意是不可能實現的。

早期歌手念念不忘的「大時代使命感」不但沒有消失，而且在創作空間更寬廣、表達方式更成熟的情況下，這種對歷史、國家、大環境的思考，體現在〈月琴〉、〈中華之愛〉這樣的作品上，今日聽來仍然頗具震撼力。美國宣佈與中共建交後不久，侯德健寫下〈龍的傳人〉，這首歌替整個台灣的悲壯情緒找到了宣洩的出口，唱片都還沒出就已經衝進排行榜前二十名，後來轟動全國，蟬聯二十幾周歌曲榜冠軍，也使演唱人李建復成為聲望崇隆的青年偶像，是歌曲與大時代結合得最淋漓盡致的例子。

唱片市場大幅度擴張之後，到底哪些作品是純正的「民歌」，已經沒有人太在意了。歌壇全面年輕化的趨勢已經完成，對眞正認眞在做音樂的人來說，作品的訴求也早已超越了校園。漸漸地，「民歌」反而變成「賺學生錢」的一塊招牌。唱片公司一窩蜂推出許多風格相似、內容空洞的作品，用「學生歌手」的形象包裝來搶搭「民歌」風潮末班車。這種劣幣驅逐良幣的做法，很快就讓大家倒足胃口。許多紅極一時的民歌手無意以音樂維生，畢業後當兵、出國、就業，紛紛淡出歌壇，造成人才的斷層，少數留下來打拚的歌者則必須因應環境變化、調整演唱風格，「民歌」不知不覺竟變成了過時的辭彙。

「天水樂集」的成立，是民歌風潮末期力挽狂瀾的嘗試。這個團體由李建復、蔡琴、蘇來、許乃勝、靳鐵章和李壽全組成，在演唱、詞曲創作、編曲和製作各個面向都擁有最頂尖的人才。他們在八〇年代初期做出《柴拉可汗》和《一千個春天》兩張作品，驚人的原創概念、嚴謹的製作、出色的演唱和編曲，使它們成爲民歌運動的登峰造極之作。「天水樂集」雖然只維持了一年，卻替日後林立的「工作室」建立了最早的分工模式，具有承先啓後的重要意義。

八〇年代初，報章雜誌紛紛出現「民歌沒落了」這樣的標題，那些一窩蜂的投機作品也持續不了多久。一九八二年，金韻獎在舉辦五屆、出了十張專輯之後停辦，次年，創辦「民謠風」的海山唱片結束營業，算是宣告了民歌時代的結束。同時「滾石」和「飛碟」兩家唱片公司先後成立，羅大佑和蘇芮分別替它們打下半壁江山，開闢出一套全新的音樂路線與行銷模式，台灣流行音樂乃跨入了新的階段。

進入八〇年代中葉，「民歌」漸漸成爲歷史名詞，但是它在全盛期打下的基礎，讓台灣流行音樂擁有長期發展的雄厚資本。八〇年代末期以降，台灣之所以能在華文世界擔起流行音樂的龍頭地位，民歌時代奠定的堅固基礎，絕對是最重要的資產。而民歌時代那股初生之犢不畏虎的「原創精神」，還有反映青年世代思惟的「時代意識」，屢經變遷、流傳迄今，仍然是創作歌謠最珍貴的核心價值。

願創作之火生生不息，照亮每一個世代。

（一九九五初稿，二〇〇五補完）

坐進時光機，擋下那瓶毒酒

你坐進時光機，準備選擇一個日期，改變你所知道的歷史。身爲搖滾樂迷，你該選哪一天、回到什麼地方？

誰不想回到一九八〇年十二月八日晚上十點半的紐約？你會衝到中央公園對面的達科塔（Dakota）大宅門口，找到那個正倚著街燈翻讀《麥田捕手》、等著約翰・藍儂（John Lennon）回家的馬克・查普曼（Mark David Chapman）——他兜裡有一把左輪手槍，再過二十分鐘，藍儂正要走進家門口，他會大喊一聲「Mr. Lennon!」然後一口氣把五顆子彈全部打進四十歲搖滾歌手的胸膛。你該趁早搶下他的槍，讓約翰・藍儂可以和保羅・麥卡尼（Paul McCartney）一樣活到六十好幾還能辦全球巡迴演唱、讓他有機會對小布希、波灣戰爭、MTV和iPod表示表示意見，天啊我們多麼想知道約翰會在他的部落格上寫些什麼！

又或者你應該先趕到一九七一年十月二十九日的喬治亞州梅肯（Macon）市，找到一位卡車司機，想辦法拖延一下他開車上路的時間。要是他按計畫上路，將會在Hillcrest和Bartlett兩條路的交叉口迴轉，這時候，二十四歲的吉他手杜恩．歐曼（Duane Allman）會騎著他的哈雷機車飛奔而來，煞車不及、一頭撞上卡車，兩小時之後死在手術檯上。杜恩．歐曼前一年剛和艾力．克萊普頓（Eric Clapton）錄完《蕾拉》（Layla）專輯，又以歐曼兄弟樂團（Allman Brothers Band）主奏吉他手的身分錄完《東費爾摩現場》（At Fillmore East）演唱會實況，他的傲世才華才剛剛嶄露頭角，當時他們不會知道，這兩張唱片會在多年之後仍然被後世樂迷奉為經典，然而這個世界上再也沒有人能重現杜恩那粒粒音符都能咬進你心坎裡去的滑弦吉他了。

要是你順利攔下了那位卡車司機，別高興，你還要再去一趟梅肯市，再去擋一輛公車——一九七二年十一月十一日，杜恩忌日剛過不久，杜恩兄弟樂團的團長貝瑞・歐克雷（Berry Oakley）騎著機車狠狠撞上一輛巴士，當天晚上就在杜恩逝世的同一家醫院斷了氣，得年二十四歲。他的失事地點，距離一年前杜恩出車禍的路口，只隔著三條街。

一九七三年，來自佛羅里達的搖滾團林納・史基納（Lynyrd Skynyrd）發表了〈自由鳥〉（Free Bird）這首名曲，向英年早逝的杜恩・歐曼致敬，然而他們並不知道自己的悲劇就等在四年後的未來。若是可以，你會趕到一九七七年十月二十日，提醒林納・史基納的專機駕駛記得先加滿油槽——那天，滿載全體團員的飛機從南卡羅來納州起飛，半途卻因為油料不足，墜毀在密西西比的野林裡。鼓手阿迪瑪斯・派爾（Artimus Pyle）摔斷了好幾條肋骨，卻還是爬出飛機殘骸，掙扎到一哩外的農家求救。農場主人見到這個漢子滿身都是泥巴和鮮血、長髮亂披、張牙舞爪地連話都講不清楚，以為他是劫匪，當場抄起散彈槍往他肩膀轟了一傢伙，還好沒把他打死，這纔明白原委，趕緊打電話求救，把一息尚存、身受重傷的團員們從墜機現場救出來。然而，樂團創作首腦兼主唱朗尼・凡・贊（Ronnie Van Zant）、吉他手史帝夫・蓋斯（Steve Gaines）和歌手凱西·蓋斯（Cassie Gaines）都已經斷氣了。

就在墜機前三天，林納·史基納纔剛剛發行新專輯《街頭生還者》（Street Survivors），封面是團員一字排開站在街頭，被熊熊烈火吞噬。墜機事件之後，唱片公司緊急把封面照片換成團員站在全黑背景前的版本，直到二〇〇一年重新發行CD版，纔把最早那幀不祥的照片擺回去。

講到飛機，要是來得及，你得趕去好幾座機場攔下好多人：姑且先到一九九〇年八月二十六日晚上的威斯康辛州東特洛伊城（East Troy）吧。你會和停在亞平山谷戲院（Alpine Valley Theatre）外面的直升機駕駛說：明天早上會起大霧，螺旋槳要是勾到電纜線就完蛋了，還是別飛了吧！要是不聽勸阻，他們會在清晨時分墜毀在亞平山谷，無人生還。罹難者包括一位剛戒了毒、重新出發的吉他手史帝夫·雷·范（Stevie Ray Vaughan），前一天晚上，他剛和幾位「大神」級的吉他手艾力·克萊普頓、羅伯·克雷（Robert Cray）、巴第·蓋（Buddy Guy）同台演出，史帝夫遊刃有餘、技壓群雄，博得老中青三代一致的敬畏。演出結束，克萊普頓本來要跟工作人員一塊兒坐進那架直升機，史帝夫臨時跟他打商量換了位子。次晨失事消息傳來，克萊普頓乃知道他無意間用摯友的性命，和死神換來了自己的餘生。

不過，類似的故事，早在一九五九年二月二日就搬演過一遍了。那天晚上，搖滾先驅巴第・哈利（Buddy Holly）和樂隊成員結束演出，正要搭四人座小飛機離開愛荷華州的澄湖（Clearlake）、繼續趕場到北達科塔州的法苟（Fargo），其他同台演出的歌手只能坐巴士開夜車去和他們會合。作爲主秀，巴第・哈利當然坐飛機，巴第的團員維倫・傑寧斯（Waylon Jennings）和湯米・歐瑟（Tommy Allsup）順理成章和他一塊兒走。

不過，老天爺另有打算：同台演出的歌手瑞奇・瓦倫斯（Ritchie Valens），幾個月前剛以〈La Bamba〉紅遍全球。他實在不想在大風雪裡坐夜車，而且他從來沒搭過小飛機，非常好奇，便和湯米・歐瑟提議擲銅板，誰輸了就去坐巴士。湯米輸了，瑞奇開心地擠上飛機。另一位歌手「大舞棍」理查森（"Big Bopper" J. P. Richardson）得了重感冒，好心的維倫・傑寧斯不忍看他搭夜車，便把機位讓了出來。當時風雪已經很大，臨走前，巴第・哈利用幸災樂禍的語氣對維倫說：「祝你們巴士拋錨！」，維倫則回敬道：「你們才會墜機哩！」

維倫．傑寧斯一語成讖，飛機在二月三日凌晨一點五分起飛，沒多久就遇到暴風雪，墜毀在幾哩外的玉米田，機長和三位樂手全部罹難。巴第．哈利得年二十三歲，距離他發表第一首單曲才短短兩年。然而，從巴布．迪倫到披頭和滾石都把他尊爲啓蒙恩師。若是他躲過這一劫，迎面走進六〇年代的青年文化狂潮，巴第會和晚期的披頭一樣留起鬍鬚和長髮、穿起五顏六色的衣服，唱出青年文化的革命之聲嗎？他會和凱斯．理查（Keith Richards）、艾力．克萊普頓這些英國來的後生小子同台飆吉他、甚至一起錄唱片嗎？一九七一年唐．麥克林（Don McLean）那首〈美國派〉（American Pie），替一九五九年二月三日取了個合適的名字——「音樂死去的那天」（The Day the Music Died）。

撿回一條命的維倫．傑寧斯後來成爲鄉村樂界備受尊崇的革命元勳，一直到二〇〇二年才因爲糖尿病併發症去世，享年六十五歲。他在後半生不斷痛悔一九五九年大雪之夜他講的那句該死的玩笑話。

講到初享盛名的歌者，你還應該到一九六七年十二月十日的威思康辛州麥迪遜（Madison）去阻止靈魂樂歌手歐提斯・瑞汀（Otis Redding）登機。四個月前，他纔剛在加州蒙特瑞（Monterey）音樂節登台，面對足足二十萬名嬉皮唱了一場激動人心的巔峰演出，透過演唱會的紀錄片，歐提斯・瑞汀的演出震撼了整個迷幻世代的青年。他不但有著所有搖滾歌手都妒忌的歌喉（他是路・瑞德最崇拜的歌者），也擁有創作經典名曲的才華。歐提斯若能繼續唱下去，會不會在七〇年代做出可以和馬文・蓋（Marvin Gaye）、史提夫・汪達（Stevie Wonder）那些概念專輯相互輝映的偉大作品？十二月十日那天，歐提斯搭的飛機栽進了蒙諾那湖（Monona）冰冷的水底，那年他才二十六歲。

還有，當然不能夠忘記另一位偉大的黑人樂手，那是一九七〇年九月十八日。你應該提前在十七日深夜抵達倫敦，找到撒瑪爾罕旅館的地下樓套房。你應該很容易就進得去，據說那天房門根本是敞開的。床上躺著一個疲倦的黑人吉他手，正準備一把吞下九顆俗稱「紅中」的安眠藥（Vesperax）。你得把他的藥拿開，告訴他，要是一口氣吃這麼多顆，明天天亮之前，你就會在睡夢中被自己的嘔吐物噎住氣管而死——對一個曠古難尋的天才、徹底重新「發明」了電吉他這項樂器的偉人來說，這樣的死法真的太窩囊了。你希望吉米．韓崔克斯（Jimi Hendrix）困頓沮喪的腦袋能夠聽懂你的話，你希望他能撐過去，因為全世界的吉他手都會在之後的三十幾年搥胸頓足、幻想他要是能活下來，會繼續玩出什麼樣的音樂——短短四年的錄音生涯實在不夠啊。他應該會有興趣和邁爾斯．戴維斯（Miles Davis）一起錄點東西，也可能會做一張完全不插電的木吉他專輯，或許他會和管絃樂團合作、結合多軌錄音的技術，玩出比平克．弗洛伊（Pink Floyd）加深紅王（King Crimson）更有趣的前衛搖滾實驗？哎，誰知道呢，那九粒安眠藥……。

或許在這所有的悲劇場景裡，你終究還是該回到一九三八年八月十三日，密西西比州的綠林鎮（Greenwood）。鎮外有間兼營酒店的雜貨鋪，經常有走唱歌手到這兒來娛樂鄉親。你應該趁天還沒黑，趕緊找到那個眼神灼燙、有著修長手指的黑人吉他手，告訴他，他和酒店老闆娘廝混的事兒已經被發現了，老闆打算今天來個了斷——今天晚上你唱得再熱再渴，也千萬別喝人家遞上來的酒，裡頭下了毒呢！更慘的是，你得在床上痛苦翻覆整整三天才斷氣。

這個叫做羅伯．強生（Robert Johnson）的二十六歲歌手，肯定不會聽你的。他冷笑一聲，斜斜背起吉他，走進酒店。你知道這天晚上，滿場舞客將會最後一次領受傳說中他跟魔鬼打交道才換來的琴技。和他同台的樂手會兩次打掉他手上的酒瓶，一再提醒他：出來混的基本規矩就是千萬別喝別人開過的酒。然而羅伯實在渴了，狠狠罵了聲娘，接過吧台遞上來的第三瓶酒，一仰而盡。他沒多久就覺得頭暈腹痛，跌跌撞撞離開了酒店。三天後，他在簡陋的客棧床上斷了氣，渾然不知自己兩年前錄下的那批賣得不怎麼樣的七十八轉單曲唱片，會在二十年後催生出一種叫做「搖滾樂」的玩意兒，並且間接改變了半個世界年輕人的生活方式。

假如你成功攔下了那天晚上的毒酒，羅伯．強生或許會在南方繼續走唱一兩個月之後，輾轉接到來自紐約的邀請，讓這個大半生耗在窮鄉僻壤賺酒錢的藍調歌手，踏上卡內基音樂廳厚軟的紅地毯，參加傳奇製作人約翰．哈蒙（John Hammond）策劃的「從靈歌到搖擺樂」（From Spiritual To Swing）演唱會——一九三八年，哈蒙一心想在種族歧視仍然牢不可破的年歲裡，讓白人聽眾

THESAURUS OF CLASSIC JAZZ
ROBERT JOHNSON
KING OF THE DELTA BLUES SINGERS

和主流媒體認識黑人音樂的神奇與美好，他偶爾聽到了羅伯的錄音，驚爲天人，無論如何要請他北上演出。然而約翰．哈蒙透過各種管道打聽羅伯．強生的下落，最後只得到他剛在一兩個月前暴斃的消息。

要是羅伯．強生眞的到了卡內基廳，他應該會很樂意留在紐約發展，畢竟這裡集合了西半球最頂尖的音樂人和製作人。或許他會在音樂廳的後台結識大樂團領隊貝西伯爵（Count Basie），然後決定以後自己也要在表演的時候搞一組樂團來伴奏，以壯聲勢。或許他會替吉他插上電、接上擴音器，然後在紐約的錄音室留下一批全新編曲的作品——這將會比底特律的約翰．李．虎克（John Lee Hooker）、芝加哥的穆第．瓦特斯（Muddy Waters）都早上十來年，羅伯．強生可能會在第二次世界大戰開打之前，就一手催生了搖滾樂……。

然而，我們畢竟都沒能攔下那瓶毒酒。如今你還是可以開車沿著七號公路，七彎八拐開上一條蜿蜒的泥路，然後在一座小教堂後院裡找到羅伯．強生的小小墓碑——多年來，史家仍對他的埋骨處爭論不休，如今至少還有兩個地方也豎著他的墓碑，都是後人新製的，偶爾還會被觀光客趁夜敲下一塊，當成紀念品帶回家。羅伯．強生的老靈魂恐怕到現在都還是難以安息——就跟他歌裡唱的一樣：

你可以把我的屍體，噢，埋在公路旁
這樣，我邪惡的老靈魂，
才能搭上灰狗巴士，到處遊蕩……

或許，那瓶毒酒、那捧藥丸、那些失控的機車、摔下來的飛機，甚至馬克．查普曼兜裡的那把左輪槍，都是註定好了的。或許，搖滾就是需要以青春鮮血寫成的悲壯故事來滋養它的土壤，纔能餵養出如許怒放的繁花。哎，假如我有一部時光機……。

（二〇〇六）

一本音樂雜誌如何撼動社會？

從《滾石》雜誌談起

給你們這些骯髒又嗑藥嗑到茫的「垮掉一代」痞子（beatniks）：隨函寄上半年份的訂費。誰都知道你們是一群左派分子，拿搖滾樂當幌子。

——法蘭克．雷蒙斯（Frank Lemons），寄自奧瑞岡州

沒錯。

——編者

——錄自《滾石》（Rolling Stone）雜誌讀者投書欄，一九六八年

時至今日，你仍然可以在販賣進口雜誌的店裡找到這本雜誌，卻無論如何都沒辦法把這本全彩精印、封面經常是俊男美女、將近一半篇幅是廣告的雜誌，和上面那段對話連結在一起。幾十年下來，《滾石》創辦人楊·韋納（Jann S.Wenner）也從血氣方剛的嬉皮青年變成家財萬貫的上流社會菁英。《滾石》的興衰，其實正反映了嬰兒潮世代的集體轉變。

跨越激亢的六〇年代、夢醒的七〇年代、雅痞當道的八〇年代、乃至於衆聲喧嘩的九〇年代，《滾石》並不是一本簡單的雙週刊。它提供我們一個窺伺美國青年文化的窗口，並在這個議題上發揮過無可取代的影響力。這是一本環繞著搖滾樂打轉的期刊，要瞭解何以這樣一本刊物竟會成爲雜誌史上的傳奇，我們還是得回溯創刊之初，看看它究竟集合了哪些特定的條件。

時間退回一九六七年。披頭在這年夏天推出著名的《花椒軍曹》專輯，把搖滾樂帶到全新的次元；吉米·韓崔克斯、門戶、珍妮絲·卓普林都在這年發表第一首暢銷曲，同時開展了他們短暫耀眼的藝術生命；戴花的嬉皮剛剛辦完集結了二十萬人的蒙特瑞音樂節（Monterey Pop Festival），替兩年後五十萬人規模的烏茲塔克大露營暖身；舊金山成爲青年人的精神首都，整個西方世界的年輕人都在造反，催淚彈與汽油彈交相拋擲的一九六八即將到臨。不再乖馴的青年世代擁有自己的文學、自己的衣裳、自己的語言、自己的麻藥，最重要的是，他們有自己的音樂。而這一切，都是你的雙親必然痛恨、無法理解的。新生代正在上升，巴布．迪倫早在二十二歲那年就唱過了：「外面有一場戰爭正在蔓延／它將搖撼你的窗戶／震垮你的牆／因爲時代正在改變」。

這年十月，一本篇幅輕薄、雙色印刷、紙質粗糙的雙週畫報悄然上市，名喚《滾石》——這個名字當然來自那句老話「滾石不生苔」，但它也是老藍調歌手穆第．瓦特斯的一首名曲，後來被倫敦的五個小毛頭拿來當做自己的樂團名稱，然後在一九六五年被迪倫襲用，他的第一首搖滾經典就叫作〈像一顆滾石〉（Like a Rolling Stone）——對年輕人來說，這絕對是一個具有特殊意義的符號，這是居無定所、躁動不安的一代。

這並不是第一份討論年輕人次文化的刊物，甚至也不是第一份嚴肅討論搖滾樂的期刊，當時在美國有許多同人刊物，像是《Crawdaddy!》，已經在頌揚這門新興的、僅僅屬於年輕人的藝術。但是《滾石》擁有一流的編輯、一流的寫手、一流的美術設計、還有一流的攝影師，這些條件綜合起來，使《滾石》甫創刊就占盡優勢，成爲當時「反文化」（Counter Culture）的喉舌刊物。

在簡短的發刊辭裡，時年二十一歲的總編輯楊・韋納寫道：

你也許搞不清楚我們想幹什麼。很難說：也算一本雜誌、也算一份報紙。它的名字叫《滾石》，出自一句老話：「滾石不生苔」……因爲報紙變得如此不堪信任、毫無意義；因爲偶像雜誌早已不合時宜、老是用神話傳奇和無聊的俗套妝點自己，我們希望這兒可以有一些東西給藝術家、給這個工業，還有每一個「相信魔法能使你自由」的人……《滾石》不僅僅與音樂相關，也和音樂所擁抱的事物與態度相關。我們拚命地工作，希望你覺得不錯。任何對這本雜誌進一步的解釋都很難不變成狗屎，而狗屎是會生苔的。

這段意氣昂揚的豪語揭示了一件重要的事：《滾石》有心建立一個全新的言論場域，讓討論唱片工業乃至青年文化的深度評述有揮灑的空間，把搖滾樂當成一門新興藝術，給予搖滾歌手等同於作家和藝術家的尊重。《滾石》脫離了小衆、地下的發行模式，創造出一個新鮮的言論空間，這不僅需要識見和魄力，更需要一個題材豐沛的環境作爲這些年輕人盡情宣洩的舞台。想想看：還有哪裡比六〇年代末的美國更適合他們大幹一場？

楊・韋納是加州大學柏克萊分校的學生，甫畢業，他就跟妻子珍・韋納（Jane Wenner）一起創辦了這份刊物。他在創刊二十週年的自敘提到：最初《滾石》的意圖是「認眞製作引介音樂人和藝術家的深度專訪，就像《巴黎評論》（*The Paris Review*）的作家專訪那樣」。這個信條至今仍被《滾石》的編輯奉行不渝。多年來，每期「滾石專訪」都是雜誌的重頭戲，除了搖滾歌手和藝術家，他們的訪問對象還擴及從教唆殺人犯查爾斯・曼森（Charles Manson）到總統柯林頓的各色人等。《滾石》從年輕人的角度出發，對年輕世代關心的焦點人物做詳盡的訪談，一篇訪問稿經常耗費好幾個月纔從多次對談萃取成篇，這種殫精竭慮的精神，替同類期刊樹立了難以超越的典範。

《滾石》集結了一群才氣縱橫、不修邊幅的青年，除了專訪和音樂評述，韋納還延攬了一群人寫文化觀察和政治觀察。韋納回憶他初識傳奇記者杭特．湯普森（Hunter S. Thompson）的情景，湯普森「左手拎著半打啤酒、右手抱著書包，裡面東倒西歪塞著酒瓶、錄音機、報紙和筆記簿，剃了個光頭，卻戴著一頂假髮」。誰能想到這號人物在一九七二年對美國總統選舉的記述不僅發展出一種全新的「剛左報導文體」（Gonzo Journalism），影響後繼無數寫手，更奠定了《滾石》在政治輿論領域舉足輕重的發言權，成爲一大傳奇。

除此之外，一九七三年的水門案、一九七五年轟傳一時的核電廠污染黑幕案「絲克伍」（Silkwood）事件，《滾石》的記者都搶到了不少獨家新聞，隨著發行量的膨脹，這本雜誌的影響力也愈滾愈大，到八〇年代中期，它已經是美國發行量最大的期刊了。

《滾石》創刊之初，登了一則廣告在《紐約時報》：

設若你是學生，教授，家長，這就是你的生命。因爲你已經瞭解：搖滾樂不僅僅是音樂而已，它是新文化和新世代革命的能量中心。

這或許可以幫助我們理解何以一本搖滾樂期刊，竟能產生幅員這麼龐大的影響：對當時的讀者來說，搖滾不止是音樂而已，它是青年世代所有價值觀的綜合，也是當代文化的櫥窗。《滾石》的特約攝影師可以跟著「死之華」四處巡迴，脖子上掛著俫卡相機，一面拍照一面跟樂手在後台嗑藥，口袋塞著一本卡繆的《反叛者》。文首那封讀者投書其實所言不虛：音樂只是幌子，更重要的是音樂擁抱的事物與態度。

儘管涵蓋這麼多硬梆梆的議題，《滾石》還是把自己定位成音樂本位、休閒本位的雜誌，對流行風尚和花邊新聞從不放過，在嚴肅與輕鬆之間巧妙地取得平衡。《滾石》在視覺設計下的功夫也不容忽視：從創刊號開始，它就是一本圖像與文字並重的刊物，不僅版面設計煞費苦心，而且從一開始就禮聘一流的攝影家提供報導相片。著名的攝影家諸如安妮・萊布維茲（Annie Leibovitz，約翰・藍儂生前最後一組照片就是她拍的）、吉姆・馬歇爾（Jim Marshall，他替無數爵士樂、藍調大師拍攝的人像和六〇年代末的演唱會實況攝影都是當代流行文化史的重要文獻）、理查・阿維東（Richard Avedon，他在一九七六年替美國高層政要拍攝的群像是當代最著名的報導攝影之一），都曾在《滾石》留下許多經典之作。光是《滾石》歷年的圖片，不用任何文字妝點，就足以編出好幾本精采絕倫的畫冊。

一九七五年十月出刊的一九八期《滾石》封面印了墨黑的幾個大字：「內幕故事」，掀起了全國媒體的大地震。媒體大亨蘭道夫・赫斯特（Randolph Hearst）的千金派蒂（Patty Hearst）被左派游擊隊ＳＬＡ綁架已經一年半了。令人震駭的是，她竟然在遭綁兩個多月之後出現在一幫銀行劫匪之中，戴著扁帽、拿著一挺長槍，從人質搖身一變成爲游擊隊的同志。之後，派蒂徹底失去蹤影，連ＦＢＩ都沒了頭緒。所有媒體都在追蹤這條「資本家窩裡反」的大新聞，耗費了一年多，卻總是沒有進展。

這期《滾石》鉅細靡遺報導了派蒂．赫斯特事件的始末，包括她如何加入SLA、失蹤期間去過哪些地方、還有遭綁的幕後原因。撰寫報導的記者霍華．孔恩（Howard Kohn）跟大衛．韋爾（David Weir）學生時代都曾經是左派活躍分子，他們透過自己的線民，採訪到曾跟派蒂一齊逃亡的成員，那是一段驚險萬狀的過程：記者隨時可能被暗槍擊斃，稿子寫好送印之後，印刷廠更得派警衛看守，以防洩密。《滾石》出刊之後，兩位記者竟成為全國媒體瘋狂競逐採訪的對象，FBI威脅要打斷他們的腿，許多左派游擊組織更宣稱要對《滾石》不利。發刊之後，沒有人敢靠近編輯室的窗口，深怕被狙殺。然而，他們打算繼續挖下去。

這本雜誌的編輯團隊，平均年齡不過二十五歲。時年二十八歲的總編輯韋納對孔恩和韋爾說：「繼續幹，你們寫，我就印。」想想看：這只不過是一本來自舊金山的搖滾樂刊物——一群二十來歲，邋里邋遢的毛孩子，竟然可以對全國輿論產生這麼大的震撼。

後來做了《滾石》國內事務部主任的杭特．湯普森說：「在那個年頭，替

SM14170 OCTOBER 23rd, 1975/ISSUE NO. 198 85¢UK30p

ROLLING STONE

THE INSIDE STORY

By HOWARD KOHN AND DAVID WEIR

PATTY HEARST and Emily Harris waited on a grimy Los Angeles street, fighting their emotions as they listened to a radio rebroadcasting the sounds of their friends dying. On a nearby corner Bill Harris dickered over the price of a battered old car.

Only blocks away, rifle cartridges were exploding in the dying flames of a charred bungalow. The ashes were still too hot to retrieve the bodies of the six SLA members who had died hours before on the afternoon of May 17th, 1974.

Bill Harris shifted impatiently as the car's owner patted a dented fender. "I want five bills for this mother."

The SLA survivors had only $400. Reluctantly Harris offered $350. The man quickly pocketed the money.

Minutes later Bill picked up Patty and Emily and steered onto a freeway north to San Francisco. They drove all night—the Harrises in the front seat of the noisy car and Patty in back, hidden under a blanket. They were too tense to sleep, each grappling with the aftershock of the fiery deaths.

They exited twice at brightly lit service station clusters that flank Interstate 5, checking out each before picking what looked like the safest attendant. They made no other stops and reached San Francisco in the predawn darkness.

The three fugitives drove to a black ghetto with rows of ramshackle Victorians—and sought out a friend. Bill and Emily's knocks brought the man sleepy-eyed to the door.

"You're alive!" Then he panicked. "You can't stay here. The whole state is gonna be crawling with pigs looking for you." He gave them five dollars and shut the door. "Don't come back."

The Harrises returned to the car and twisted the ignition key. Patty poked her head out from under the blanket. "What's the matter? Why won't it start?"

The fugitives had no choice—to continue fiddling with the dead battery might attract attention—so they abandoned the car. Walking the streets, however, was a worse alternative.

"C'mon Tania," said Emily. "You better bring the blanket." Bill and Emily both carried duffel bags. Inside were weapons, disguises and tattered books.

A few blocks away, under a faded Victorian, they spotted a crawl space, a gloomy cave for rats and runaway dogs. As Patty and the Harrises huddled in the dirt under the old house, the noise of a late-night party began in the living room above. Patty gripped her homemade machine gun. "The pigs must have found the car!"

"Shhh," came a whispered response. "Shut up, goddamnit. Please shut up!"

[Continued on page 41]

14023

震撼全國的《滾石》雜誌一九八期，一九七五年十月出版。

《滾石》工作是衆人眼中的『錯事』，沒有人知道你在搞什麼」，但是這種「和大人世界作對」的感覺，正是這份工作最吸引人的地方。

《滾石》的創刊團隊是嬰兒潮世代的中堅，六〇年代末，他們多半二十郎當，青春正好。七〇年代以降，唱片市場急速膨脹，搖滾樂變成利潤動輒以百億計的娛樂工業，《滾石》也逐漸擺脫創刊初期的草莽抗爭氣味，歌手藝人紛紛以登上《滾石》封面爲榮。隨著唱片市場分衆愈來愈細密，《滾石》的唱片評論逐漸成爲最權威的聲音。七〇年代末，《滾石》開始編纂唱片指南、歷經多次修正再版，鞏固了它在樂界的論述霸權。要一直等到八〇年代，像《打碟》（Spin）、《Q》這類同樣標榜深度論述的搖滾樂期刊相繼問世，這種權威地位纔算被打破。

八〇年代之後，《滾石》的鋒芒不再像它的第一個十年那麼耀眼，隨著韋納漸入中年，嬉皮一代的兒女也陸續步入叛逆的青春期、聽起自己的音樂，搖滾不再是哪個世代的專利。許多更生猛的音樂刊物出籠，相形之下，《滾石》竟顯得保守了。在《滾石》初創的六〇年代，邪惡的國家機器讓嬉皮世代反叛得理直氣壯、義無反顧。然而後來事情不再這麼簡單：激情退潮之後，革命尚未成功，從骯髒的水門案到虛僞保守的雷根政權，每次幻滅，都是甩在老嬉皮臉上的耳光。連《滾石》也搭上商品化的列車，不復創刊之初的草莽性格了。《滾石》的文化光環，至此也已經褪色得差不多了。

假如在台灣，我們可以怎麼樣用刊物來捕捉青年世代的集體狀態？我們有可能編出一本屬於年輕人的深度文化刊物，既不過分蛋頭、又能緊扣時勢嗎？《滾石》的傳奇有它特殊的時空環境來成全，台灣的年輕人又該怎樣找到青年文化的書寫方式？

退一步來說，「刊物」到底對新世代而言有什麼意義？台灣的年輕人「需要」一份屬於自己的喉舌刊物嗎？它究竟應該以哪些人爲對象？又該承載什麼內容？紐約的《村聲》也好，倫敦的《*Time Out*》也好，它們都是許多既存的次文化社群的反映，放在台灣來看，類似的社群在哪裡？其實「台灣的青年世代」這個群落向來都是面目模糊的。在這片每年平均每個人花不到十幾塊錢買書的島嶼，或許「刊物」從來就不是什麼大不了的東西。

《滾石》找到了搖滾樂這個主題，它是年輕世代價值觀的總集合。在台灣，我們似乎還沒有辦法找到可以凝聚整個世代的「文化主題」。年輕世代跟台灣的過去是斷裂的，不僅缺乏世界觀，也缺乏對當下環境的認同。缺乏問題意識，當然也就找不到施力點。

七〇年代的台灣，也曾經出現過一本名喚《滾石》的音樂雜誌，編輯幾乎都還不滿三十歲，顯然也想師法美版《滾石》的精神。七〇年代後半，它不僅是台灣唯一的搖滾樂雜誌，也留下了不少青年文化的紀錄。台灣《滾石》的編輯風格相當隨興，翻譯文章、樂壇新聞、作品剖析、歌手訪問、歌譜教唱，乃至心情隨筆無所不包，算是台灣出現過的比較接近美國《滾石》的刊物。但是搖滾樂畢竟是舶來品，七〇年代的言論尺度也不可能讓他們對社會議題或時政做任何深入的討論。八〇年代開始，唱片工業越來越蓬勃，商品銷售的手段日趨細緻，像台灣《滾石》這種「純情」的雜誌，也就無以爲繼了。這本《滾石》後來在「滾石唱片」成立之後，轉變成公司的宣傳刊物，再也不是當年的模樣。

前捷克總統哈維爾回憶一九六八年的「布拉格之春」，談到整個社會在一小段時間裡經歷了難以想像的情緒起伏：先前冷漠、沮喪的社會，竟會在短短半年之內發揚了真正的公民意識，以勇氣和智慧對抗強權，而又在這之後重新墮入更可怕、更深沉的沮喪之中：「人們退縮到個人生活的圈子內……冷漠沮喪的社會情緒把我們帶到了一個灰黯專制的消費主義年代。社會重新變成一盤散沙……獨立思考、創造性都躲進了私生活的深深的壕塹。」

儘管台灣未曾經歷什麼鎮壓，這種大動盪之後的深沈失望卻幾乎如出一轍。八〇年代末，我們這一代幾乎是在一夜之間被迫成長，然後迅速耗盡所有的熱情和理想。一九九〇年的「三月學運」總結了這段時間累積的熱情，就像一場轟轟烈烈的告別演唱會，八〇年代的學運領袖紛紛進入體制，政黨輪替帶來的竟是更多幻滅，昔日的敵我界線愈來愈模糊，整個世代似乎又陷入了瑣碎、冷漠、虛無的情緒之中。網路帶來的資訊爆炸，只用了兩三年就完成了青少年符號消費的總教育，新生代迅速重返個人的小小天地，淹沒在舶來符號的

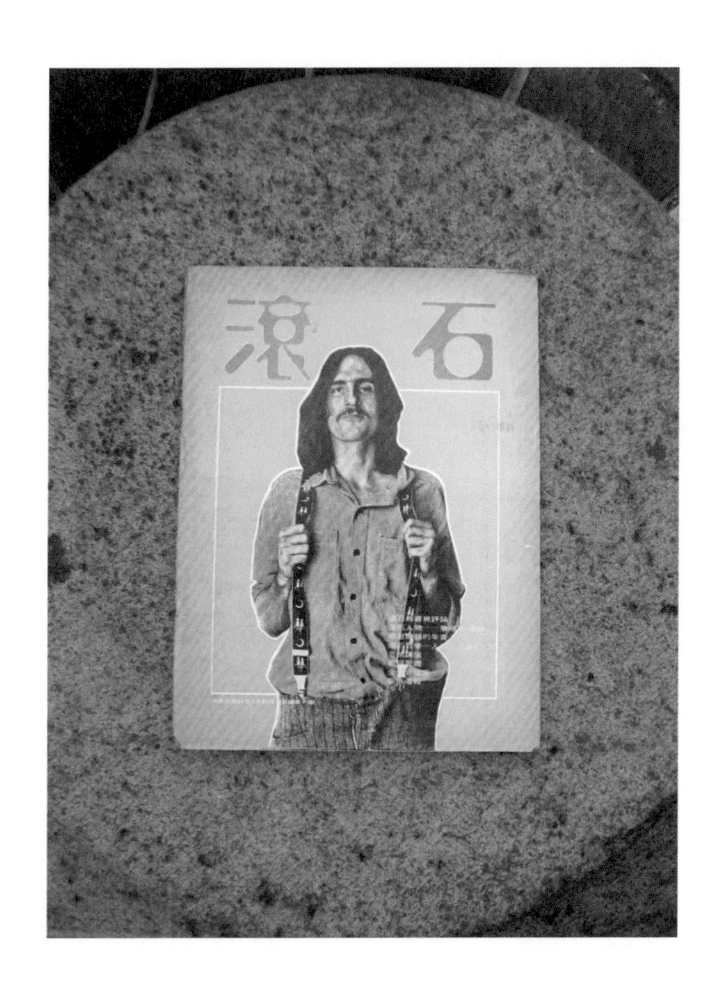

台灣《滾石雜誌》創刊號，一九七五年五月出版，封面有「一本年青人爲年青人辦的雜誌」字樣，焦點人物是詹姆斯．泰勒（James Taylor）。

汪洋裡。

在八〇年代啓蒙、九〇年代成長的我們，自詡「青壯一輩」，然而上有滿心焦慮、大權在握的前輩，下有披掛著高科技配備闖蕩江湖、勇敢而美麗的新生代，我輩杵在中間、進退失據，眼看正被後起者目爲無聊、退縮、不長進的絆腳石，還沒奪權成功，就已經準備成爲被革命的靶子了。青年刊物、文化論述的付之闕如，或許只是我輩長期全面「不景氣」的投射而已。

（一九九七初稿，二〇〇六改寫）

西雅圖故事

一則廣播稿

西雅圖，是的。湯姆．漢克斯（Tom Hanks）夜裡失眠的那個城，吉米．韓崔克斯和「超脫」（Nirvana）成長的故鄉，九〇年代另類搖滾風暴的起點，除此之外你對西雅圖還知道些甚麼呢？我們要講一個五十歲的西雅圖男子和一個二十五歲的台北青年的故事——他們在兩年前相識，那個時候，台北青年正在左營當兵，西雅圖中年男子則跟老婆住在這個冬天會下雪的城裡，聽著巴布．迪倫的唱片。

苦悶的台北青年——我們就叫他阿芳吧——無聊的軍隊生活裡，除了厚厚的小說，最能安慰他的，還是只有搖滾樂。他最崇拜巴布．迪倫，這個歌詞難懂得要命、嗓音活像便祕三天的老狗的搖滾詩人。阿芳曾經很臭屁地跟我說：民國五十五年以後出生的台灣青年裡，沒有人比他更懂迪倫，爲了證明這個，他不停蒐集跟巴布．迪倫相關的所有出版品——CD、老唱片、樂譜、錄影帶、言論集、論文……男孩子總是這樣，一天到晚想打遍天下無敵手，把自己搞得累得要命。

阿芳在一本原文書裡，發現一份巴布．迪倫歌迷雜誌的通訊地址——這本雜誌專門服務最死忠的迪倫迷，阿芳就像挖到武功祕笈一樣，當場迫不及待寫信去科羅拉多州訂了這本雜誌，成爲可能是台灣地區唯一的訂戶。過了幾個禮拜，雜誌寄來，他才覺悟到：武功底子不好的時候，祕笈是不管用的。這簡直就是「國際迪倫學報」，內容有迪倫歌詞中的《聖經》典故考證、對某一張專輯美日德澳各國不同版本的封面印刷與混音品質版本比較，還有數不清的「靴子腿」（bootleg）的詳細評析和編年史……總之，非常變態就對了。就在阿芳邊冒冷汗邊自慚形穢的時候，他翻到了「分類廣告」這個部分，多半是交換珍貴版本、徵求稀有唱片的啓事，廣告費並不算貴。阿芳想一想，決定依樣畫葫蘆，

Writings and Drawings
by Bob
Dylan

也登一篇廣告，徵求巴布・迪倫的 bootleg，看有誰肯幫幫這個住在世界邊陲的東方人。

【播歌】I'll Keep It with Mine（1965）——這首歌第一句說：You will search babe , at any cost ——「你要尋找，寶貝，不計任何代價」——我想阿芳是真的滿瘋狂的，換成是你，你會這麼做嗎？

廣告登出來之後，阿芳每次從左營放假回家，都會收到幾封信，貼著奇怪的郵票，蓋著沒見過的郵戳。短短兩個月，他已經收到來自美國、英國、德國、法國、荷蘭、澳洲、南非的一大堆回信。絕大多數寄來的是整疊厚厚的私人收藏目錄，並且註明願意和阿芳交換台灣特有的珍貴版本——假如有的話。他們都很友善，其中一個德國佬還寫道：沒想到台灣也有人蒐集巴布・迪倫的 bootleg，似乎真的有一條「迪倫連線」（Dylan connection）把世界各地的歌迷串起來不是嗎？問題是，阿芳根本沒有甚麼珍貴版本，只好寫回信道歉，請這些遍佈全球的朋友們不嫌棄的話賣幾張 bootleg 給他。就在這時候，一個來自西雅圖的小包裹翩然降臨。

包裹裡面是一捲六十分鐘的錄音帶，錄滿了迪倫在一九六三到六六年之間的未發表作品，此外還有一封字跡瀟灑的短信，寫信的人說他第一次跟亞洲人通信，除了尋找珍貴的亞洲版迪倫唱片，他也有不少好東西可以便宜賣給阿芳。回到左營軍區的夜裡，阿芳在部隊用隨身聽反覆聽著這捲帶子，彷彿天堂的大門開了一道縫，眼淚都要掉下來了。這是一份意義深遠的禮物，也是一段美好友誼的開始。

幾次通信之後，阿芳知道了這位住在西雅圖的喬丹先生從七〇年代開始就在蒐集迪倫的 bootleg，有滿坑滿谷的珍貴收藏，最喜歡蒐集「彩色的」ＬＰ唱片——紅色、綠色、透明的都有。他跟阿芳的第一筆交易，是一盒十幾年前出版的、十張ＬＰ一套的 bootleg。包裹寄來、打開一看，唱片竟然是透明的，攙雜著深淺不一、水染一般的紅色花紋，每張唱片染的都不一樣，還沒聽裡面的音樂，光是「看」唱片，就已經爽呆了。這盒唱片讓阿芳足足興奮了一整個夏天，逢人就拿出來獻寶。一來是音樂實在太棒，二來是覺得這下子眞的可以躋身「台灣區迪倫收藏家」之列了，不免志得意滿起來。

接下來的日子裡，西雅圖先生對阿芳來說，簡直就變成了「長期飯票」，跟迪倫相關的貨源再也不虞匱乏。阿芳那份微薄的軍餉，一大半拿去換了美金匯票，再換回一箱箱裝滿了唱片跟CD的航空包裹。到他退伍的時候，西雅圖進口的東西已經多得足以讓阿芳臭屁地宣稱他是中華民國巴布．迪倫收藏的權威了（不過我看他未必都有聽完，光急著蒐集、卻不急著聽，這種心態非常奇怪，大家不要學）。

【播歌】What Was It You Wanted?（1989）——「到底你要的是甚麼?」

——我不知道阿芳究竟是眞的熱愛迪倫的音樂，還是已經不知不覺變成某種「爲收藏而收藏」的戀物癖。嗯，就讓迪倫代替我們來問問他好了。

退伍之後，阿芳回到台北的家，與西雅圖的聯絡改用傳眞機，訊息的往返不必再枯等一兩個禮拜，他和這位喬丹先生的聯絡也就更頻繁了。他們聊台灣的颱風和西雅圖的大雪、聊六〇年代的那群搖滾英雄、聊東西方文化環境的差異、聊他們共同的偶像迪倫，也聊自己的生活。喬丹先生跟太太兩個人住，沒有小孩，家裡滿滿都是唱片。他太太對搖滾樂毫無興趣，還威脅說要是膽敢蒐集迪倫以外的 bootleg 就要叫他睡走廊，因爲家裡已經沒有地方擺唱片了。他寄了一些當地的音樂刊物來，還談到當地的政客動腦筋想替吉米・韓崔克斯立銅像，好爭取選民認同、換取政治資源。我們的阿芳則寄了羅大佑的《未來的主人翁》、崔健的《紅旗下的蛋》跟陳明章第一張現場專輯給他，還查了半天字典，把好幾首歌詞翻譯成半通不通的英文。

喬丹先生說他最喜歡陳明章，儘管一個字也聽不懂，但是他覺得那支吉他是會說故事的。他也覺得羅大佑絕對有在美國做巡迴演唱的成熟實力。至於崔健，年輕、憤怒、放肆，充滿煽動的能量，他完全能體會共產黨爲甚麼會害怕這樣的音樂。

【播歌】Simple Twist of Fate（1975）——「命運的簡單扭曲」。有些無奈的標題，是不是？這是迪倫一九七五年的歌，是他在感情低潮的時候寫的經典作，這首歌預言著下一段的憂鬱氣氛。既然已經拿出這張專輯，我們也一併聽聽它的開場曲 Tangled Up in Blue，「糾纏在憂鬱之中」，這首行雲流水的敘事詩道盡了生命的滄桑與無奈，相愛、分離、重逢……做爲阿芳當時的背景音樂是再適合不過的了。

其實退伍之後的那幾個月，阿芳過得並不算好。對未來一片茫然、感情又受到挫折，他跟我說，那是有史以來最嚴重的混亂與低潮。聽著喬丹先生寄來的唱片，他百無聊賴地敲著鍵盤，把自己的心事也一頁頁餵給了連向地球另一端的傳眞機。一九九六年初，他們都買了數據機，也有了自己的 email 地址，從此告別傳眞卡紙、字跡模糊的問題。在第一封 email 裡，剛過五十歲生日的喬丹先生歎道：幾年前剛裝傳眞機的時候，他還覺得「眞的進入太空時代了」，哪裡想到會有網路這種東西。他告訴阿芳怎麼訂閱網路上的迪倫樂迷通訊、怎樣在新聞討論區結交世界各地的變態迪倫迷，還告訴他好幾個跟巴布．迪倫有關的大站，比方一個叫做 BDBDB 的怪站，其實是 Bob Dylan Bootleg Database 的縮寫。

阿芳在那一陣子很害怕寂寞，所以經常徹夜不眠，讀遍網路上的討論文章，躲在螢幕後面的世界裡，一邊用光碟機聽音樂，電腦旁邊CD堆得像小山一樣。他繼續以每個月三四封 email 的頻率跟喬丹先生聯絡，一次西雅圖寄來的唱片裡，喬丹先生還附了三張自己拍的相片，裡面是積雪的山巒、色彩繽紛的高大樹木，還有蔚藍的天空。他說他開車到靠近加拿大邊境的高山去度假，覺得那兒一定是地球上最美麗的地方，一定得寄幾張照片來跟阿芳分享。後來阿芳自己跑到歐洲去旅行，也把所見所聞絮絮叨叨地向西雅圖報告，喬丹先生通常會告訴阿芳：他重金買回來的珍貴唱片，在西雅圖只要三分之一的價錢就可以找到，而且並不太稀罕，令阿芳痛不欲生。不知道什麼時候開始，他們總會在信件結尾引用一段巴布．迪倫的歌詞來比喻自己的心情、或者用來描寫西雅圖和台北的天氣狀況，簡直就跟春秋時代的諸侯引用《詩經》來明志一樣。

有一次，西雅圖寄來幾張影印的巴布·迪倫唱片封套，喬丹先生說他在一次唱片大展蒐購了幾張台灣版的唱片，可是他看不懂中文，想請阿芳幫他翻譯一下。仔細一看，天哪，那不是民國六十年左右，阿芳剛出生的時候，「麗鳴唱片」、「第一唱片」出的盜版LP嗎？阿芳小時候見過，用塑膠袋套著，封套不是硬紙板而是軟軟的那種，還用紅色大字印著「立體雙聲道」的字樣。最早一張賣十塊，後來漲價成十二塊到十五塊不等。喬丹先生請阿芳翻譯的中文，都是唱片公司在中和還是哪裡的地址，或者「巴布·迪倫第一輯」之類的唱片標題。原來台灣當年的盜版唱片，現在居然都成了行家眼中的寶貝了，可惜阿芳家的舊唱片老早被媽媽丟掉了，不然搞不好還能發一筆小財哩。當他跟喬丹先生說那些唱片當年每張只值美金兩毛五分的時候，這次輪到西雅圖那邊痛不欲生了。

【播歌】Never Say Goodbye（1974）——這首歌的詩句跟下面這段密切相關，我們邊聽邊說。

一九九六年中，阿芳收到了一張印著西雅圖夜景的生日卡，還有一捲錄音帶，是巴布．迪倫那年第一場巡迴演唱會的實況。這時他們已經不再以客套的Mister互稱，而是像哥兒們一樣直呼名字了。他跟阿芳說，自己剛剛完成一個壯舉——喬丹先生獨自開車到數十英里外的高山裡，沿著人車稀少的公路一直往上攀升，開到四千英尺高的山上去。那兒蓋著厚厚的雪，山上有一個湖，天空就倒映在結冰的湖面上。方圓幾英里一個人都沒有，他戴上墨鏡、免得眼睛被雪反射的陽光刺傷，一步一步踏著積雪，走到湖邊——他很確定自己是過去幾個月來唯一踏上這塊區域的人類。他從車裡拿出便當，坐在結冰的湖邊，萬籟俱寂，只有風聲在耳邊呼嘯。他一個人喫完三明治，然後開車回家。在這封email裡，他對阿芳說：這樣的旅行的確不大容易在路上買到甚麼好唱片，不過你總不能太貪心，對不對？然後他引用了一段迪倫的詩句，正好是你現在聽的這首歌：

結冰的湖面映著黎明的微光
北風即將吹亂那些
留在雪地上的足跡
在這之下，一片靜寂

一直到現在，這兩個年齡相差一倍的朋友都還是不知道另外一個人長甚麼樣子。我想喬丹先生可能不會到台灣來，阿芳也不曉得甚麼時候才會到西雅圖去。但是這些應該都無所謂吧。

前一陣子阿芳決定跑到日本去看巴布．迪倫的巡迴演唱，他在出發前跟我說，日本的唱片雖然世界貴，卻有許多別處買不到的珍貴版本，他打算先跟喬丹先生請教一下，順便問問他要不要阿芳幫他買節目單、T恤、海報、馬克杯、紀念章、貼紙……他甚至連票根都要裱起來哩。阿芳得意地說，他打算買一大堆迪倫紀念品回來，還打算夾帶隨身聽到演唱會場去自製bootleg，之後拿到網路上賣，看能不能賺回一點機票錢。世界上竟然有這種走火入魔的歌迷，我想巴布·迪倫他老人家要是知道的話，應該會很欣慰吧。

在那之前，我們不要管bootleg，讓時光倒流，聽一首巴布·迪倫一九六四年的歌如何？這首歌叫做All I Really Want to Do，「我眞正最想做的事，就是做你的朋友」。

【播歌】All I Really Want to Do（1964）——二十二歲的迪倫在這首歌裡耍賴也似地反覆唱著：All I really want to doooooo...is, baby, be friends with you，他絲毫不爲自己走音的聲喉感到尷尬，一邊自彈自唱、一邊歡悅地笑著。啊，聽聽這個年輕瀟灑的聲音，你的心情也將隨之輕盈起來。

（一九九七）

【附記】關於「靴子腿」一詞的詳解，請參閱〈擁舞的詩神與厲鬼〉一文。

擁舞的詩神與厲鬼

于浩歌狂熱之際中寒；
于天上看見深淵。
于一切眼中看見無所有；
于無所希望中得救。

——魯迅，一九二五年

這是最後一場演唱會了。巴布・迪倫在漫天掌聲中緩步上台，時間是一九六六年五月二十七日。一束聚光燈從倫敦皇家亞伯廳（The Royal Albert Hall）漆黑的天幕斜射下來，籠罩著迪倫和他的吉他，把瘦長的影子打在背後的布幕

上，琴身不時隨著身軀的傾側反射出刺眼的亮光。

迪倫的頭髮糾結夾纏、散亂地爆開，宛若火山噴發瞬間凝定的熊熊煙霧。他的膚色呈現病態的蒼白，原本圓潤的臉龐整個瘦了下來，困頓的雙眼漫無目標地游移著。那個態勢，似乎隨時身子一傾就要倒在舞台上了。他像醉漢一樣顫巍巍地站定，靜靜等待掌聲止歇，然後不發一言、刷起木吉他，清脆的撥弦聲頓時響徹整個大廳。迪倫緩緩開口：

她擁有她需要的一切／她是藝匠／她從不回眸
她能萃取出夜晚的幽闇／繼而染黑白晝……

兩天前，迪倫剛剛過完二十五歲生日，然而他沙啞、疲倦的聲嗓，只能屬於兩百歲的蒼老靈魂。他像一抹鬼影飄浮在舞台上，成串詭奇的意象自唇齒間源源不絕滾動而出、瀰漫開來，把所有聆聽者攫進濃稠綿密的樂音中，逐漸滅頂。

迪倫撥弄著琴弦，一字一句唱著詰屈聱牙的歌詞，他唱得極慢，彷彿要重新確認每個詞彙的定義一樣，把每個音節都拉得長長的，令人擔心他是不是要在舞台上睡著了。強光照射下，迪倫迷離的雙眼看不見舞台下的人群，他聚精會神彈著吉他、不按章法地吹著架在脖子上的口琴，蒼涼淒厲的音色破空而出，迤邐蜿蜒，令人汗毛倒豎。他不再意識到台下一排排的觀眾，只偶然昂首向天頂的強光，沈溺在歌詞織就的幻境，一腳踏進了黎明與暗夜的曖昧交界：

聖母依舊沒有現身／我們看見空著的牢籠都已蝕壞
布幔曾一度翻湧／在彼處她的舞台
提琴手正踏上旅途／他寫道：
曾經虧欠的物事／如今盡皆償還
在載魚的貨車後座／我的良知爆炸開來
口琴吹奏著／骷髏的樂符以及雨水……

觀衆的掌聲聽起來有些遲疑，困惑顯然多於贊嘆。就像迪倫自己唱的：

我們困坐，擱淺在這裡
卻又竭盡所能地否認……

事實上，有不少人是為了鬧場纔來的。他們知道：結束上半場自彈自唱的表演之後，迪倫要和一個五人組搖滾樂團一齊登台，肩上的木吉他即將換成一柄通體黑亮的 Fender Telecaster，凝滯的氣氛也將轉為狂囂暴烈。這些不滿的群衆靜靜坐著，準備等下半場節目再給他難看。對他們來說，迪倫是個背棄理想、無可救藥的變節者。這是怎麼回事？

迪倫的一夕成名，從瓊．拜雅在一九六三年的新港（Newport）民謠音樂節帶他上台合唱〈在風中飄蕩〉（Blowin' in the Wind）轟動全場算起，到這時纔不過三年，這個來自明尼蘇達州的男孩卻已經永遠改變了流行音樂的模樣。只消看看一九六四年的《時代正在改變》（The Times They Are A-Changin'）和一九

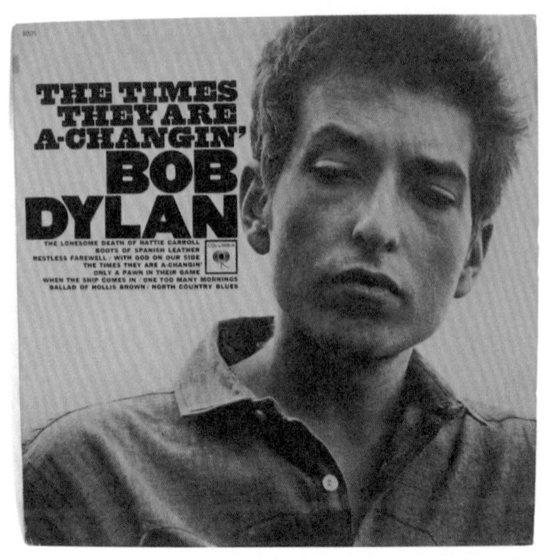
THE TIMES
THEY ARE
A-CHANGIN'
BOB
DYLAN
THE LONESOME DEATH OF HATTIE CARROLL
BOOTS OF SPANISH LEATHER
RESTLESS FAREWELL / WITH GOD ON OUR SIDE
THE TIMES THEY ARE A-CHANGIN'
ONLY A PAWN IN THEIR GAME
WHEN THE SHIP COMES IN / ONE TOO MANY MORNINGS
BALLAD OF HOLLIS BROWN / NORTH COUNTRY BLUES

一九六四。

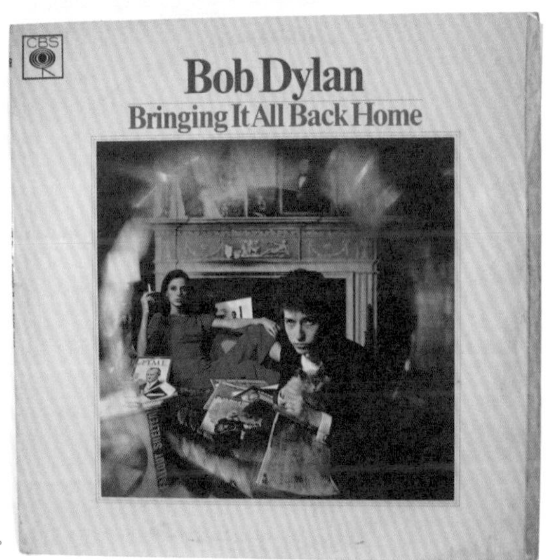
CBS
Bob Dylan
Bringing It All Back Home

一九六五。

六五年的《通通帶回家》（Bringing It All Back Home）兩張唱片封面就可以明白，短短一年之間，迪倫的變化有多大：一九六四年那幅照片是黑白分明的高反差，一顆腦袋就佔掉了大半個畫面。瘦削的迪倫扎著一頭洗衣刷也似的短髮，穿著粗布襯衫，眉頭緊蹙、冷冷往下睨視，彷彿要用淩厲的目光殺死世間所有的罪惡與不義。這張封面的一切，連同印刷字體在內，都在告訴你這張專輯有多麼嚴肅、多麼沈重——再也沒有比這幀相片更完美的「抗議歌手」形象了。然而僅僅一年之後，迪倫坐在擺滿雅緻飾物的沙龍，換上了一身剪裁合度的西裝，穿著硬領襯衫，露出精巧的袖扣，摟著一隻長毛貓，身後斜躺著一位彷彿剛從法國電影裡走出來的紅衣女子，用完美的手勢捏著一支香菸——當年歌迷煞有介事地傳說這位女子其實就是迪倫本人扮裝演出，可惜並非如此，她是迪倫經紀人的妻子。畫面外圍那圈柔焦效果，替這幅精心佈局的場景增添了幾分華麗頹廢的神祕感。把標題遮去，你幾乎不可能認出這兩張照片上的男子竟是同一個人。

這兩幀完全對立的相片，意味著迪倫已經跟過去的自己一刀兩斷了。一九六五年四月二十五日，迪倫推出一張名爲〈地下鄉愁藍調〉（Subterranean Homesick Blues）的單曲唱片，徹底揚棄了口琴木吉他的民謠詩人形象，改用搖滾樂團伴奏，結果成爲迪倫第一支打進排行榜前四十名的單曲。在專放暢銷歌曲的電台節目裡，人們聽到輕快的搖滾節奏竟然配上了這種挑釁、調皮的歌詞：「不要跟隨領袖／看好你的停車表」；「你不需要一個氣象員／來告訴你風往哪個方向吹」。這首歌夾雜在排行榜上一堆偶像情歌中間，簡直就像高中畢業舞會上忽然闖進來賣藝的流浪漢，把學校樂隊趕下台，自顧自唱起囉囉唆唆的勸世歌。

不過，許多人不喜歡迪倫這樣的轉變。大多數的民謠聽眾是自許爲「垮掉一代」（beatniks）的知識青年，對媚眾的流行音樂深惡痛絕。對他們來說，搖滾樂就是幾個穿著滑稽制服的傻笑偶像，拿著電吉他在螢光幕上蹦蹦跳跳，唱些衝浪飆車泡馬子之類的玩意兒。這種東西只能拿來騙騙十來歲的青少年，迪倫搞搖滾根本是譁眾取寵、出賣良心，不僅背叛了當初栽培他的民謠圈，更嚴重褻瀆了當代美國民謠從伍迪·葛瑟瑞（Woody Guthrie）到彼特·席格（Pete

Seeger）一脈相傳的老左派知識分子傳統。

事實上，迪倫從來就不甘被囿限在那個老傳統裡。他的野心太大，完全沒有可以追尋的典範，只能單槍匹馬、奮力闖出一條險路。從粗布襯衫牛仔褲到爆炸頭墨鏡法藍絨西裝長筒靴；從一柄木吉他一支口琴到狂暴放肆的搖滾樂團；從主題鮮明的抗議歌曲到揉合韓波、艾略特和金士堡風格的晦澀詩句，迪倫孤獨地走在整個世代的前端，步伐太大、腳程太遠，完全沒有人跟得上。毫不誇張地說：即使他此刻死在亞伯廳的舞台上、一筆抹掉此後數十年的種種，僅只這短短三年，也足以在樂史留下不朽的傳奇了。

這次巡迴演唱已經斷斷續續進行了九個月。從紐約開始，踏遍美國本土，之後是澳洲、瑞典、丹麥、愛爾蘭、英國、法國、再折回英國，以連續兩天在倫敦亞伯廳的演出作結，這絕不是一趟輕鬆的旅程。從一九六五年八月二十八日踏上紐約森丘網球館（Forest Hill Tennis Stadium）的舞台開始，來自觀眾席的噓聲與倒采就未嘗間斷。日復一日，迪倫和他的樂團來到一個新的城市，表演、被憤怒的歌迷喝倒采；接著轉向下一個城市，繼續表演、繼續被喝倒采—

—歌迷甚至包車跟著迪倫到每個城市，只爲當著他的面大聲鼓譟。場場爆滿的演唱會，總是從迪倫背著電吉他現身的那一刻就充斥著怒罵和噓聲。流行音樂史上從來沒有誰能激起這樣的公憤，讓歌迷甘願跟蹤他跑遍全國，僅僅爲了喝倒采。替他伴奏的樂團名叫「鷹」（Hawks），平均年齡還不到二十二歲。鼓手李凡．賀姆（Levon Helm）受不了每天被噓的壓力，掛冠求去；吉他手羅比．羅伯森（Robbie Robertson）多年之後回憶起當時種種，感慨地說：每一場演出，他們在滿室鼓譟中結束表演、回到旅館，挫敗沮喪之餘，總會重新聆聽當夜的現場錄音，然後說：「㑚！我們明明棒透了，爲什麼他們不喜歡？」

迪倫和他的樂團其實是在全無前例可循的情形下，進行搖滾史上第一遭激烈、大膽的實驗。他們把演唱會當成即席創作的場域，在舞台上摸索「新的聲音」，夜復一夜，迪倫的作品在舞台上發展出和原始版本完全不同的面目。以當時的演出環境而言，要實現這樣的野心，先天上備極艱困：搖滾樂是一門誕生纔不過十年的新興藝術，一般的巡迴演唱純粹是爲了促銷唱片，現場器材只能算聊備一格，演唱會的「看秀」意義遠大於「聽歌」，沒有人把舞台音響認認眞眞當一回事。就在迪倫擁抱搖滾樂的同時，披頭正在歐美各地巡迴演唱，但是現場除了歌迷的尖叫聲，什麼也聽不見——事實上，連站在舞台上演唱的披頭都聽不到自己的聲音，演出品質可想而知。當年看過披頭演唱會的人表示：就算他們一人拿一支掃把裝裝樣子，大概也不會有什麼差別。兩相比較，迪倫的企圖著實令人咋舌。

迪倫已經有好幾個禮拜完全沒闔眼。他靠安非他命提神，喝大量的咖啡，在所有人都沉沉睡去的時分仍坐在打字機前，叼著菸，劈哩啪啦敲著一行行的詩句，等待天明。他並不在意進一步虐待自己的身軀：酒精、藥物（可能是海洛因、可能是古柯鹼），還有不斷投懷送抱的女子們姣好的肉體——迪倫在急速耗竭自己的能量，而且唯恐不夠快似地，他在兩頭燃燒的蠟燭中央又架起一盆烈火，任憑這一切加速摧毀自己。

他獨自站在亞伯廳的舞台上，唱了七首歌，五十分鐘已經過去。中場休息之前的最後一首歌，是著名的〈鈴鼓先生〉（Mr. Tambourine Man）：

嘿！鈴鼓先生，爲我奏一曲
我還不想睡，而且無處可歸
嘿！鈴鼓先生，爲我奏一曲
在這鏗鏘的晨早，讓我與你同去……

儘管你也許聽見笑聲，旋轉著、瘋狂地擺盪，越過烈陽
那並不針對誰，只是漫長路途逸出的聲響
況且藍天之上，並無柵欄阻擋
若你還聽見模糊的印跡，韻腳跳躍旋轉
與你的鈴鼓唱和，那只是跟在身後，一個衣衫襤褸的小丑
我並不介意，畢竟他捕捉的，只是
你眼中的一抹淡影……

然後帶我消失罷，穿過意識底層的煙圈

沈入時光深處霧濛濛的廢墟，遠遠越過凍僵的寒葉
穿出陰森悚慄的樹林，來到多風的沙灘
與狂亂傷悲的扭曲界域，遙遙隔開
是的，在鑽石的天空下起舞，一隻手自在地揮呀揮
側影反襯著海水，四周是圓場的黃沙
帶著一切記憶與命運，潛入波濤之下
明天到臨之前，且讓我把今日忘懷……

他的聲嗓已經幾乎報廢了，不時在句與句的空檔咳嗽著。從他殘破虛弱的聲音，不難嗅出頹敗的氣味正在吞噬他的肉體、咬嚙他的知覺。聽到這樣的聲音，沒有人會相信他還撐得下去。

然而在下半場的演出，迪倫和「鷹」把音量扭到最大，從飄浮在舞台上的夢遊詩神、變成自焚的猙獰厲鬼。只等迪倫的靴跟用力踏在地板上數拍子，一、二、三、四，整個樂團就會像火球一樣迸炸開來。目睹他們演出的人回憶

說：你聽見火箭在教堂裡飛竄、原子彈在腳底引爆，震耳欲聾的聲量讓你呼吸困難。觀眾席的鼓譟愈大聲，樂手的滿腔怨怒就愈熾烈，兩相交纏，把舞台幻化成噪音的戰場，這是地球表面從來沒有出現過的聲音。眞正的衝突和暴亂，這時候纔要開始。

一九六六年五月二十七日的亞伯廳演唱會，至今仍未正式發行實況錄音（按：詳見文末附記）。不過早在七〇年代初，這捲母帶的拷貝就已經從唱片公司外流，在一小撮死忠歌迷之間輾轉流傳。這張「出版年鑑上不存在的專輯」，多年來一直籠

ANNOUNCING A LIMITED SEASON OF CONCERTS

BOB DYLAN

By arrangement with

TITO BURNS

Personal and Postal Bookings only

★ Please enclose stamped, addressed envelope

ONE PERFORMANCE ONLY AT EACH CONCERT

DUBLIN, ADELPHI THEATRE Thurs. May 5 — 8 p.m.	25/-, 20/-, 15/-, 10/-. Box Office open March 26.
BELFAST, A.B.C. THEATRE Fri., May 6 — 8 p.m.	25/-, 20/-, 15/-, 10/- Box Office open March 26.
BRISTOL, COLSTON HALL Tues., May 10 — 7.45 p.m.	In association with Charles H. Lockier Ltd 20/-, 17/6, 15/-, 12/6, 10/6, 8/6. Box Office now open.
CARDIFF, CAPITOL THEATRE Wed., May 11 — 7.30 p.m.	20/-, 15/-, 12/6, 10/-, 8/6 Box Office open March 21.
BIRMINGHAM, ODEON THEATRE Thurs., May 12 — 8.15 p.m.	20/-, 16/-, 13/-, 10/6, 8/6. Box Office open March 27.
LIVERPOOL, ODEON THEATRE Sat., May 14 — 7.45 p.m.	20/-, 16/-, 13/-, 10/6, 7/6. Box Office open March 21.
LEICESTER, DE MONTFORT HALL Sun., May 15 — 7.45 p.m.	In association with Arthur Kimbrell. 20/-, 17/6, 15/-, 12/6, 10/6, 8/6, 7/6, 3/6. Box Office now open.
SHEFFIELD, GAUMONT THEATRE Mon., May 16 — 8.15 p.m.	20/-, 15/-, 12/-, 10/-, 8/6. Box Office open March 21.
MANCHESTER, FREE TRADES HALL Tues., May 17 — 7.30 p.m.	SOLD OUT
GLASGOW, ODEON THEATRE Thurs., May 19 — 8 p.m.	20/-, 15/-, 12/-, 10/-, 8/6 Box Office open March 21.
EDINBURGH, A.B.C. THEATRE Fri., May 20 — 7.45 p.m.	20/-, 17/6, 15/-, 12/6, 10/-. Box Office now open.
NEWCASTLE, ODEON THEATRE Sat., May 21 — 8.30 p.m.	20/-, 17/6, 15/-, 12/-, 10/-, 8/6 Box Office open March 21.
LONDON, ROYAL ALBERT HALL Thurs., May 26 — 7.30 p.m.	SOLD OUT
EXTRA PERFORMANCE LONDON, ROYAL ALBERT HALL Fri., May 27 — 7.30 p.m.	20/-, 15/-, 10/6, 7/6, 3/6 Box Office now open.

迪倫一九六六年英倫巡迴演出的場次表。

罩著一圈神祕的光暈，彷彿一旦缺少了它，搖滾史就永遠空著一個「失落的環節」，無法銜接成完整、合理的故事。這張名叫《亞伯廳一九六六》的專輯，在搖滾史的地位幾乎跟《死海殘卷》一樣珍貴。然而，這也是一張不折不扣的非法出版品：唱片封套上通常印著一個奇怪的廠牌，可能是「搖擺豬」（Swingin' Pig），可能是「蠍子牌」（Scorpion），循線追查下去，你會發現世界上並沒有用這些名字登記的公司。

這種蒐集珍稀作品的地下唱片，有個諢號叫「靴子腿」（bootleg）——這個詞原指禁酒令雷厲風行的時代，法外之徒藏在靴筒裡的私釀酒，後來引申爲所有「未授權出版品」的泛稱。「靴子腿」唱片是搖滾樂迷的致命誘惑——它們打開了通往歷史後台的門戶，那是一個幽深、複雜的世界。透過「靴子腿」，你可以把每張專輯的製作脈絡、每首歌的誕生過程鉅細靡遺地攤開來檢視。你看到創作者如何從支離破碎的點子逐步整合靈感、錘鍊出完整的作品，你甚至可以藉著被放棄的半成品揣測歷史演進的其他可能。演唱會實況、原版專輯未能收錄的遺珠之憾、著名作品的相異版本、家用錄音機做的試聽帶、電台訪談、記者會錄音……這些零碎片段共同建構出一座盤根錯節的地下迷宮，與見諸正史的專輯相互輝映。

當然，歌者若是沒有相應的深度與廣度，是不太可能引起蒐集者興趣的。流行音樂史上擁有最龐大「靴子腿」目錄的藝人，正是迪倫；而在迪倫數以千計的「靴子腿」清單裡，地位最崇隆、爭議最大、版本也最多的，就是這張《六六年亞伯廳實況》。

一九六六並不是一個平靜的年份。黑權領袖馬爾坎・X（Malcolm X）在前一年遇刺身亡，陸續引起一連串種族衝突，最後終於在芝加哥掀起了有史以來最嚴重的黑人暴動。地球的另一端，文化大革命橫掃全中國，許多左派青年相信這是新生代接管世界的開始。越戰規模持續擴大，反戰的聲浪也隨之高漲，暢銷歌曲榜上出現了許多承襲迪倫早期風格的作品：巴瑞・麥基爾（Barry McGuire）的〈毀滅之夕〉（Eve of Destruction）唱著戰爭與毀滅、伯茲的〈轉！轉！轉！〉（Turn! Turn! Turn!）唱著大時代的動盪流轉、賽門和葛芬柯（Simon & Garfunkel）的〈寂靜之聲〉滿是箴言式的警世詞句，這些「信息歌曲」

（message songs）紛紛拿下了排行榜的冠軍。大家都相信：年輕人當家做主的時代終於來臨了，而年輕人的音樂，也將在這場浩浩蕩蕩的革命中扮演推波助瀾的角色。

他們的信念並沒有錯，只是或許低估了「革命」的意義——除了對體制的正面衝撞，許多滲透力更強、影響更長遠的改變也在進行，只是意會的人不多。迪倫拋棄抗議民謠的「變節」行動，儘管在當時引起兩極化的爭議，卻也加速了搖滾樂的融合與轉化，使它得以發展成二十世紀下半葉最有力量的藝術形式之一。事隔多年，我們當然可以清楚辨認這個脈絡，找出歷史演進的合理性。然而回到一九六六年，包括迪倫自己在內，根本不可能有誰想到這些，他只是在做「自己想做的音樂」而已。

迪倫轉向搖滾之後，記者們總是反覆詰問：「你是不是不再唱抗議歌曲了？你對青年世代的反叛文化有什麼看法？」一次他終於被問煩了，衝口而出：「抗議什麼的早就不新鮮了，它到底有什麼用？有人眞的會聽這種東西嗎？歌又不能拯救世界！」在青年世代最需要標語口號跟革命領袖的時刻，迪倫反而揚棄了抗議歌曲和民權運動，他從來都不屬於那群滿腔熱血、天眞純情的「戴花世代」——迪倫太聰穎、太世故，他無法被任何簡單的烏托邦理念收編。

《六六年亞伯廳實況》之所以成爲傳奇經典，就是因爲它正好記錄了一個決定性的歷史時刻——世界的風暴和個人的才情相互撞擊，意外觸發了搖滾史上最劇烈的板塊挪移。短短四十五分鐘的錄音，卻濃縮著整個六〇年代的混亂、徬徨和瘋狂，事隔多年，依舊驚心動魄。

第七位天使把碗倒在空中，就有大聲音從殿中的寶座上出來，說：「成了」。又有閃電、聲音、雷轟、大地震，自從地上有人以來，沒有這樣大、這樣利害的地震。

——《啓示錄》第十六章

中場休息結束，燈暗、幕啓。舞台上多出了五名男子，分別是鼓手米奇·

瓊思（Mickey Jones）、主奏吉他羅比．羅伯森、鋼琴手理察．曼紐（Richard Manuel）、貝斯手瑞克．丹寇（Rick Danko），和彈電風琴的賈思．赫德森（Garth Hudson）。

當然，觀眾席沒有人知道他們是誰，只覺得這幾個小子看起來活像剛犯下火車劫案的匪徒。情緒逐漸沸騰起來：就是這些傢伙！就是他們在迪倫的「變節」行動裡扮演共犯，謀殺了那個充滿社會良心的民謠歌手！數以百計的觀眾站起身來、走出會場，留下整排空盪盪的座椅。滿場響起嘈嘈的低語，好奇、不安、憤怒兼而有之。至於眾人目光的焦點，仍然是站在舞台中央的迪倫：他背對觀眾，肩上掛著一柄 Telecaster 電吉他，一面調著琴，一面和樂隊交換著眼神。迪倫的面色蒼白依舊，身子卻站得挺直，不再是上半場的衰敝姿態了。

迪倫對觀眾席的騷動連看都不看一眼，這種場面他早已習慣。沒有人報幕、沒有人說話，樂手們撥弄著樂器，做最後的調音。迪倫叉開腿、踏著腳數拍子，渙散的各色樂音漸次跟上了節奏，終於，他把靴跟重重跺下去，扯開嗓子吼道：one, two, three，FOUR！熾烈的聲響像燒夷彈一樣爆開。這是在場觀眾有生以來聽過最吵鬧、最令人魂飛魄散的聲音，大多數觀眾緊緊挨著椅背，覺得亞伯廳的圓拱屋頂彷彿就要坍塌。有幾個人回過神來，開始發出噓聲、罵起難聽的字眼，可是樂隊的聲音實在太大，這些零星的鼓譟都被淹沒了。

沒有任何語言能夠形容這種音樂。這是沒有人涉足過的黑暗地域，這是斬斷歲月、粉碎天地的聲響。在極度耗竭的狀態下，迪倫閉起眼睛、用力刷著電吉他，表情充滿恍惚的狂喜，彷彿在這樣的自虐裡得到了極大的快感。他豁出去了，他要把五臟六腑都嘔出來，通通拋灑到觀眾席。天哪，他要死了，唱完這首歌他就要死了。他怎麼可能用這樣的方式摧殘自己的生命？

然而這纔只是開始。一曲唱畢，迪倫試了試架在脖子上的口琴，湊近麥克風，冷峻地說：「下面這首歌叫做〈我不相信你〉（I Don't Believe You）……它以前像『那樣』，現在像『這樣』。」尖銳如刀刃的口琴和樂團的火網同時爆開，啊啊，這是他兩年前的舊作，但是沒有人認得出了。原本清淡的情歌小品此刻竟燃燒著復仇的火燄，你可以嗅到鮮血和硝煙的氣味。該怎麼形容迪倫的聲嗓呢？僅僅十幾分鐘以前，他的嗓音虛弱、殘破、洋溢著鬼氣。此刻站在樂團喧天的聲響之前，所有理智的回路都已經燒斷，他再也沒有多餘的氣力思考、或者「表演」了。面對台下數千雙嗜血的眼和怒罵不已的嘴，迪倫別無選擇，只有把自己拋出去。他昂起臉孔，幾乎是歡快地吼唱著，每一次鼓手的重擊都把他帶到更亢奮、更放肆的境地。

你以爲他撐不下去了，你以爲他唱完這首就該倒下了，結果沒有。曲罷，觀衆們成千上百地打起拍子來，這不是鼓掌，這是憤怒的倒采：啪、啪、啪、啪——迪倫全不搭理，一逕吹起悠揚的口琴前奏，樂手們跟了上來，電吉他利刃一般破空而出，天哪，這種聲音。這只不過是一九六六年，迪倫和他的樂隊是怎麼做到的？這絕不是普通的噪音，這是像數學公式一樣精確、複雜的噪音。所有樂器相互嵌合、滴水不漏，層層構成飽滿的整體：貝斯的低音鋪在底端，像一條深不見底的大川。鼓手的交互重擊織成綿密的巨網，狠狠搥打著你的胸膛；電吉他的撥彈顆顆粒粒綴飾其間，明亮而優雅；電風琴時而像緞帶、時而像蛇信，凌駕在這一切之上的，是迪倫的唱腔——他彷彿要把每句歌詞每個單字的骨血髓漿都榨出來，用力嚼爛，再啐吐到你臉上。

這不只是演唱會而已，這是在玩命。然而坐在亞伯廳的觀衆並不理解這些。他們心中只有那個消失了的社會良心、變節的民謠歌手。他們摀著耳朵，繼續叫罵。

「伍迪・葛瑟瑞死不瞑目！」

「把樂團趕出去！」

「亂七八糟！」

迪倫冷冷望向觀衆席，汗水順著臉頰流下。還有五首歌要唱，這將是漫長的一夜。他面無表情，一個字一個字地說：「這首歌叫：yes I see you've got your, brand new, leopard-skin, pill-box, ha-a-t ——。」怒罵與掌聲並起，接著響起一陣陣整齊的拍手聲，表示抗議。迪倫踩著拍子，對樂隊點點頭，舞台上爆出更強大的震波，硬生生把一切聲音都壓了下去。

我看見他在跟妳做愛／妳忘了關上車庫的門

妳或許覺得他愛上妳是爲了錢／我卻知道他眞正愛妳的是什麼

妳的簇新的豹皮的藥盒形狀的，帽子！

這是什麼玩意兒！這首唱完，觀衆席爆出數倍於前的叫嚷和噓聲，大家拼命打著拍子，存心不讓迪倫表演。樂隊一面零零落落地調著音，一面望向迪倫：這樣還能繼續嗎？迪倫走向麥克風，在震耳欲聾的倒采聲中說起話來。他用鎮靜得出奇的語氣，絮絮叨叨唸著一大串無意義的音節：「他了嗎哦們哦分比嗓，哈今談哦分拜文他嗓……」

大家都想知道他在講什麼故事，喧鬧聲漸漸安靜了下來。不過全場觀衆聽得清楚的只有最後一句：

「要是你們拍手沒那麼大聲的話。」

顯然有不少人被逗樂了，對這個妙計報以熱烈的掌聲跟歡呼，其他人則企圖重新組織新一波的倒采。觀衆席分裂成兩大陣營，各自叫喊著詆毀和頌揚的句子。一片混亂之中，樂隊已經開始演奏，迪倫聽起來悲傷而虛弱：

我說的每一件事／你都可以說得一樣好
從你那邊看／你是對的
從我這邊看／我也是對的
因爲我們都經歷了太多個早晨／還有身後一千哩的路途……

唱罷，迪倫放下電吉他，坐到鋼琴前面，彈起〈瘦人之歌〉（Ballad of a Thin Man）深沈抑鬱的前奏。樂隊的聲音緩緩流盪開來，渲染出一幅構圖詭異的風景。保守拘謹的主人翁誤闖一個屬於邊緣人的世界：

你走進房間／一枝鉛筆握在手裡
你看見誰光著身子／你問「那是什麼人？」
你竭盡所能／可還是不明白：
該說些什麼，等你回到家？

迪倫用力敲著鋼琴，歌聲愈來愈激昂：

因爲有件事情正在發生，而你不知道那是什麼
不是嗎，瓊斯先生？

這個句子後來成爲六〇年代進步青年朗朗上口的名言，他們借「瓊斯先生」象徵所有懵懵懂懂、對新世界無法適應的既得利益者。而此刻亞伯廳的舞台之下，迪倫正面對著成千上百的「瓊斯先生」。

一陣不太熱烈的掌聲之後，零星傳來若干叫喊，不過都聽不大清楚。迪倫和樂團開始調音，準備演唱最後一首歌。接下來發生的事情出乎衆人意料之外，幾乎每一本迪倫的傳記都會提到這個突發事件——有位觀衆在默默醞釀了一整晚之後，終於鼓足勇氣，站起身來，高聲叫道：

「猶大！」

周圍立刻響起喝采聲，接下來是更多的叫罵。迪倫終於忍不住了。他走上

前去，用充滿壓抑的聲音說：「我不相信你。」他頓了頓，一股鬱氣從體內翻騰上來，溼潤了雙眼。他握緊吉他，憤怒地大喊：「你是個騙子！」

最後一首歌的前奏漸漸響起，某位樂手深怕場面失控，輕聲說：「老兄，別這樣！」迪倫回過身，對樂隊吼道：「Play Fucking LOUD!!!」，然後猛力一跺——音樂像燄火一樣轟然迸開，迪倫用盡全身的氣力，把〈像一顆滾石〉（Like A Rolling Stone）的歌詞一句一句吼了出來：

從前從前，你衣著光鮮
志得意滿扔給乞丐一毛錢，對不對？……

你總是嘲笑那些徘徊流連的人
可是現在，你的口氣不再招搖
你的表情不再驕傲
爲了下一頓飯，你要拐騙、乞討！

How does it feel
t' be on yer own
no direction for home
A Complete unknown
Like A Rolling Stone!
Bob Dylan
Oct. 1, 1965

〈像一顆滾石〉副歌部分，迪倫手稿，寫於此曲錄製完成後四個月。

這是什麼感覺？這是什麼感覺？
獨自一人無依無靠
找不到回家的方向
完全沒有人認識你
就像一顆滾動的石頭……

迪倫的憤怒傳染到每個團員身上，鼓手恨不得把手臂甩斷似地輪番重擊著，電風琴海嘯般揚起又復沈落，貝斯手狠狠敲打著每一條弦，因爲用力過猛而不得不彎下身來。尖銳的口琴和電吉他交相競逐，像愈竄愈高的火舌。迪倫嘔吐般地咆哮著：Ahhh! How does it FEEEEEL？

你從前不是覺得挺有趣嗎？
關於穿著破爛衣衫的拿破崙
還有他搬用的語言

現在，到他那兒去罷
他叫喚著你，你不能拒絕
當你一無所有，你連可以失去的東西都沒有
現在沒有人看得見你，你已經沒有祕密需要掩藏……

整個世代的狂亂和失落，都交纏在這首歌澎湃壯烈的音場裡。關於放逐，關於沈淪，關於狼狽不堪的現實，關於如何被世界徹底背叛、徹底遺忘。人間其實一點也不美麗，它總是令人作嘔。忘記那些體面的過去罷，現在你腳下的只有卑污和猥瑣。你是一顆往復滾動、遍體鱗傷的石頭。狂風驟起，你惶然四顧，看不清現在、找不到未來。茫茫天地之間，你已一無所有。

這首歌結束之後，他只說了一句「謝謝」，就走回後台。跟過去九個月的每場演出一樣，沒有安可，沒有謝幕。嘈嘈的人聲漸弱，畫面暗下來，這是一九六六年五月二十七日，迪倫和「鷹」終於替這段狂囂激烈的歷史劃下了句點。

結束演唱之後，他們只有被擊潰、被掏空的感覺，懷著滿腔的委屈和怨岔，並不知道自己已經改寫了歷史。筋疲力竭的迪倫只想擺脫噩夢一樣的巡迴演唱，躲回他在烏茲塔克鄉間的房子，和新婚妻子相聚，重新拾回屬於「人間」的感情。不過，他的經紀人亞伯・葛洛思曼（Albert Grossman）顯然不打算讓他休息。迪倫的專輯正在排行榜上熱賣，連披頭和滾石的新作都公開承認受到他的影響，情勢大好，打鐵就要趁熱。葛洛思曼替他安排了新的行程表：接下來的三個月，迪倫還有六十四場巡迴演唱！八月開始上路，沒得商量。可是所有人都知道，以迪倫的狀態根本不可能負荷這麼多場演出，這樣的行程簡直是謀殺。一年多以來，迪倫依賴藥物勉力撐起虛弱的身體：某種興奮劑讓他在白天保持清醒、某種針劑讓他有力氣站到舞台上表演、某種藥丸讓他能度過漫漫長夜不需睡眠——這些藥物，當然都是違禁品。長期摧殘之下，他的身體幾近報廢，隨時可能崩潰。迪倫身邊的朋友私下都有預感：他剛過完的二十五歲生日，多半就是「最後一屆」了。

然後，那場著名的意外發生了。搖滾史最引人遐思的謎題之一就是：「假如迪倫沒有在七月發生意外，一九六六年的巡迴演唱到底會發展成什麼樣子？」

——他或許會吸毒過量，死在某個旅館房間；也可能會繼續透支精神和體力，最後完全失去行爲能力，把之前九個月發展出來的音樂形式徹底搞砸。或者，他會不顧一切，把原先那種暴烈的噪音，一路推到更極端、更熾熱的境界，創造出全新的樂種？

另外一個相反的推論是：迪倫若是步上詹姆斯．迪恩（James Dean）的後塵，以二十五歲之齡意外身亡，搖滾史又將發展成什麼樣子？他將永遠凍結在亞伯廳舞台上的厲鬼形象：瘦削，蒼白，眼裡燃燒著烈火，踏在黎明與暗夜的交界，唱著令人震懾的詩句。他會成爲二十世紀流行音樂史上最偉大的殉道者。

歷史既然無法重來，種種猜測也是徒勞。總之，一九六六年七月二十九日，一個風光明媚的下午，迪倫在烏茲塔克鄉間騎著他的 Triumph 500 重型機車，陽光破雲而出，迎面照來，他閉上眼睛，後輪倏然卡死，機車翻滾了好幾圈，把他整個人拋了出去。迪倫腦袋著地，頸骨應聲而裂。再次睜開眼睛的時候，他已經躺在醫院裡了。這一摔，替搖滾史摔出了一條截然不同的路途，也把迪倫從自毀的深淵裡救了回來。我們不得不說：這場車禍來得正是時候。

迪倫躺在病床上，痛定思痛，決心歸隱。他託病取消了所有的演唱行程，接下來的十七個月，迪倫從地球表面徹底消失，死亡的傳聞到處流竄。這段時間，他和「鷹」的團員躲在鄉下一棟大屋子的地下室，用雙軌錄音機錄下一批漫溢著草根氣味和超現實意象的歌曲。這批史稱《地下室錄音帶》（Basement Tapes）的作品後來被歌迷輾轉拷貝、私自壓成唱片，創造出流行音樂史上第一張「靴子腿」，再度改變了歷史。「鷹」後來改名爲 The Band，在六〇年代末出版了兩張經典專輯，成爲足以跟披頭、滾石平起平坐的偉大樂團。而迪倫自己在告別亞伯廳之後，足足過了七年又七個月，才再次踏上巡迴演唱的舞台。

當然，這些都是另外的故事了。在留下《亞伯廳一九六六》這張震古鑠今的錄音之後，迪倫永遠告別了那個恍惚自虐的形象，也告別了那段僅僅在舞台上存活了九個月的轟烈聲響。扭曲的 Triumph 500 機車兀自倒在路邊冒著煙，輪子空轉著，遠方火紅的夕陽徐徐下沈，一望無際的路途遙遙伸往七〇年代，畫面淡出。迪倫的「狂飆時期」至此戛然而止，那個滿頭爆炸捲髮的蒼白青年，就這麼遁入了歷史，再也沒有回來。

（一九九七）

【附記】

本文成於一九九七年。一九九八年，這場傳奇的實況錄音終於由哥倫比亞唱片公司正式發行。經考證，這場流傳多年的錄音實際上是來自一九六六年五月十七日的曼徹斯特自由貿易廳（Manchester Free Trade Hall）演唱會，而非死忠樂迷言之鑿鑿的倫敦亞伯廳。但唱片公司爲了紀念這場錄音多年來的「地下經典」地位，特地在標題保留加了引號的「皇家亞伯廳」字樣，向這段歷史致意。專輯名爲《靴子腿系列第四輯：「皇家亞伯廳」演唱會》（Bootleg Series Vol.4 : The "Royal Albet Hall" Concert）。

二〇〇五年，馬丁・史柯西斯（Martin Scorsese）執導的紀錄片《歸鄉無路》（No Direction Home）記述迪倫至一九六六年爲止的生平故事，片中收錄許多首度曝光的六六年巡演實況，彌足珍貴。

〈鈴鼓先生〉歌詞中，「在鑽石的天空下起舞……四周是圓場的黃沙」數句，是余光中先生在《聽聽那冷雨》書中的譯筆，謹此說明並致謝。

那柄火焚的紅吉他

我總悄悄希望，哪一天能遇見吉米．韓崔克斯的鬼魂（我相信他將是個和善的鬼）。我總幻想他會帶著在蒙特瑞（Monterey）被焚的那柄火紅色Stratocaster，在煙霧瀰漫的午夜現身。

然而，假若眞的見到了他，我將說些什麼呢？大概只要輕輕握住他的手，拍拍他的肩，讓他知道寂寞的人也可以相互陪伴，這樣就夠了吧。

據說吉米是因爲吞了太多安眠藥和鎮靜劑，在睡夢中被自己的嘔吐物堵塞住氣管，纔活活噎死在女友的床上。對一個曠古難尋的天才來說，還有什麼比這更窩囊的死法？

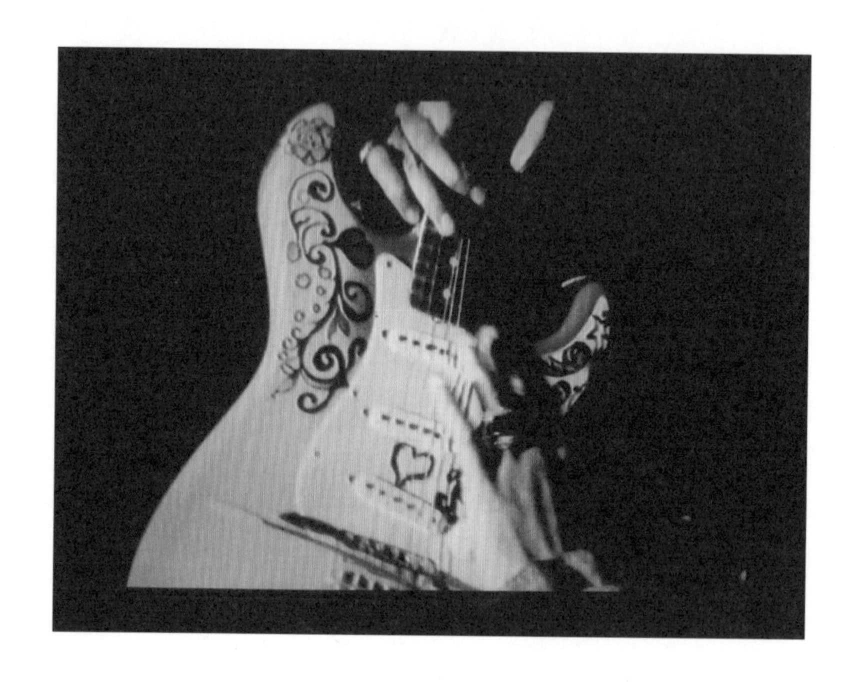

吉米．韓崔克斯的電吉他，翻攝自一九六七年蒙特瑞音樂節紀錄片。
再過幾分鐘，這把琴就會被焚燒、砸爛在舞台上。

據說吉米的女友因爲害怕被警察搜到毒品而遲遲不敢報案，耽誤了救活他的機會。據說當天街頭交通很亂，救護車偏偏選了一條塞車最厲害的路線，結果人還沒到醫院就斷氣了。據說吉米死前那幾天心情不太好，但是沒有人知道他是不是眞的打算在一九七〇年九月十八日結束自己的生命，因爲吉米身邊儘管多得是攀親道故的朋友，卻連一個可以談心的人也沒有。

吉米慣用左手彈琴，但他拒絕使用左撇子專用的吉他。他把專爲右手設計的 Fender Stratocaster 六條弦順序倒裝，再反過來彈，創造出許多只有左撇子纔做得到的彈奏技巧。他的個頭有點矮，所以總是穿著厚底鞋，奇怪的是只要一站上舞台，他就顯得高大無比。許多認識吉米的人都說，他擁有一雙最最美麗的手。就是這雙手，使他在舞台上變得氣勢凌人、難以逼視。

我永遠記得第一次看見吉米彈吉他的那天，當時他已經死了將近二十年。那是一九六七年加州蒙特瑞音樂節的實況錄影，電視螢幕先是由黑轉亮，接著一個頂著爆炸頭的身影慢慢浮現出來，他的頸間團團圍繞著羽毛，衣服袖口都是花邊和縐褶，活像維多利亞時代的小丑。舞台只有微光，把吉米的側影映照成一輪鑲滾著花邊的新月。他的身軀不斷傾側扭轉，電吉他的握柄像一把利斧，來回斬劈著周圍的空氣。暴戾的聲浪從舞台四面八方的音箱轟然噴洩，層層疊疊築成一道厚重的音牆。吉米綴滿羽飾的身影旋舞其間，宛若燔祭的巫師扮成巨鳥，在熊熊火堆中作法。

然後燈光乍亮。我清楚地看見他那柄上下顛倒的火紅色 Fender Stratocaster——哎哎，魂縈夢繫的名琴啊。這柄 Strat 遍體繪滿五彩斑斕的花紋，據說當天登台之前，吉米根本沒怎麼排練，時間都拿來彩繪他的吉他了。他眞能畫，好一支美麗的神器！我瞪大眼睛，望著螢幕裡的吉米，他微微笑著，嘴巴老像在嚼什麼東西，一派自在悠閒。

這段紀錄片拍攝當時，吉米在故鄉仍是沒沒無聞的冷門歌手，難怪開場時只有稀稀落落的掌聲。這天是他在英國闖蕩經年，終於決定回美國參加的第一場大型演唱會。一切端看此役，成則英雄、敗則草寇，他的壓力可想而知。然而吉米看起來一點都不緊張，彷彿早就知道自己沒有被埋沒的道理。

果然，當開場曲彈罷，吉米像大師落款似地，讓音箱發出一連串抑揚頓挫的尖嘯，噪音築成的牆愈來愈高，然後轟然崩落，一切歸於靜止。觀眾席的喝采和鼓掌排山倒海而來，所有人都知道，巨星誕生了。

然而這還只是開始而已。接下來，爲了讓觀眾印象更深刻些，他脫下羽毛圍巾，不慌不忙地，用牙齒彈了半分鐘的 solo。半分鐘！接下來的一小時裡，他把吉他吊在背後彈、倒掛在身側彈、騎在胯下彈，他的能量如此驚人，連音箱都炸壞了好幾個，許多人看得呆了，壓根兒忘了鼓掌。演唱會將近結束的時候，吉米興致高亢地對台下觀眾說：「我現在要犧牲一個眞正心愛的東西，爲了所有在這裡的朋友。大家要冷靜，不要發瘋，好嗎？」然後他和那柄通體彩繪著花葉紋飾的火紅色 Fender Strat 電吉他，展開纏綿悱惻的愛撫，擴音系統傳出陣陣不屬於這個星球的奇妙聲音。接著吉米把吉他平擺在地，彎下身去吻了它一下，便在上面潑了一把油，放火。火舌愈舔愈高，吉米掄起琴柄，趁著火焰未熄，把它舞成一圈風火輪，然後用力把吉他砸成兩截。吉米俐落地撿起斷落的琴柄，往台下一扔，鞠躬下台。下一個出場的樂隊足足花了一個小時，才讓跡近暴動的觀眾平靜下來。在吉米之前登場的樂隊是「死之華」，團長傑瑞．

賈西亞（Jerry Garcia）多年後接受訪問，苦笑著說：「全世界根本沒有人記得那天我們彈了什麼，連我自己都忘了。」

這是吉米・韓崔克斯走紅的開端。接下來的一千多天，他把搖滾樂的規訓裡外翻轉了一遍，彷彿上帝專程派他下凡，叫他用三年時間重寫電吉他的定義。七〇年代剛冒芽，幾顆藥丸又把他帶回了天堂——吉米畢竟沒能熬過二十七歲。許多搖滾樂手不約而同在這個年份耗竭殆盡，留下一幀幀永遠年輕的容顏，妝點無數青少年臥室的牆壁。吉米穿著大翻領軍樂隊制服、結一條花領巾、睨視著鏡頭的形象，便是這樣和一代代渴望擁有一柄電吉他的少年對視，勾引著伊們心底迸竄的火苗。

吉米身後留下一疊疊寫在不同旅館便箋上的詩句和歌詞，全都塗得密密麻麻——他習慣寫長長的手稿，再把精華整理萃取成歌。據說他最著名的歌，〈紫霧〉（Purple Haze），原本竟是厚厚一落長達十頁的手稿。吉米用左手彈琴，卻慣用右手寫字，筆路瀟灑不羈，彷彿相當享受書寫的樂趣。儘管臉上總是掛著隨和的微笑，他的內心卻一直存在著揮之不去的脆弱和孤單。千千萬萬的歌迷去看他表演，僅僅爲了期待他再來一次牙齒彈琴的絕技。一九六九年的一場演唱會上，吉米彈罷一曲，吉他湊近臉孔，用牙齒彈了幾個音。底下歡聲雷動，吉米的臉上卻看不出一絲高興。他把吉他卸下，往地上砰地一扔，草草鞠了個躬，就走回後台。

舞台下的吉米是個內向而羞澀的青年，和舞台上的狂放完全相反。愈接近生命尾聲，吉米在舞台上的肢體動作也愈少。到最後，他幾乎整場演唱會都站著不動，閉上雙眼，整個人浸溺在指端流洩的音符裡，或許那纔更接近他的本我吧。在最後這一年，吉米強撐著被藥物和酒精浸潤過度的知覺，在錄音間漫無章法地探索著音樂上的種種可能。天才畢竟是天才，那些生命末期留下的斷簡殘篇也都充滿熠熠生輝的珠玉，可惜他身邊既沒有才華足堪匹敵的對手，也沒有瞭解他的朋友，能幫助他把這些作品組織出完整的面目。所有人都在猜想吉米若逃過了七〇年九月的劫數，將會做出什麼樣的音樂，但這樣的猜測已經毫無意義了。

翻著他的手稿複印本，腦海中浮現深夜兀自坐在旅館房間的吉米，靜靜塗寫著一句句歌詞，任憑那些亂暴癲狂的音符在體內奔竄。只有獨處的時候，他纔不必裝出隨和的笑臉，暫時忘卻經紀人和歌迷無窮無盡的需索，專心砌築內心那座脆弱的城堡。每一頁塗佈著字跡的手稿，都是這座城堡的磚瓦。吉米需要更多這樣的時刻，可惜，老天不願意施捨給他。

一九六八年，整個西方世界都在暴動的時刻，吉米曾經輕輕唱道：

然而那座沙做的城堡
最終還是滑到了海裡

就這樣，一直到最後，他都還是沒有解決內在的混亂，別無選擇地走向了悲劇的終結。

（一九九八）

這一夜，搖滾失去了童貞

滾石（Rolling Stones）一九六九年的美國巡迴演唱，是搖滾樂有史以來最最惡名昭彰的故事之一。

這年十二月六日，他們在加州亞特蒙（Altamont）的巨型免費演唱會完全失控，終於釀成慘劇：飛車黨組織「地獄天使」（Hell's Angels）被請來當保全人員，這些身批皮衣的莽漢和現場樂迷不斷爆發衝突，台上台下一團混亂，請來暖場的樂團傑佛遜飛機主唱還被「地獄天使」打腫了眼睛。滾石爲了保持神祕感，等到太陽下山纔上台，觀衆焦躁不安的情緒早已暴漲。最後，一個黑人青年在舞台數步之遙的地方亮出手槍，衆多「地獄天使」一擁而上，亂刀把他活

'GET YER YA-YA'S OUT!'
The Rolling Stones in concert

活刺死。這一切都被攝影機捕捉下來，成就了影史最驚心動魄的紀錄片之一《變調搖滾樂》（Gimme Shelter）。

搖滾史以這個事件爲分水嶺，「烏茲塔克國」（Woodstock Nation）那個充滿鮮花和大麻味的嬉皮夢被徹底粉碎，亞特蒙之後，搖滾樂永遠失去了童貞。

然而，在這場醜陋的意外之前一個星期，滾石在紐約麥迪遜廣場花園（Madison Square Garden）連續演出兩天，這場演出紀錄就是《Get Yer Ya-Ya's Out》專輯，史上最巔峰的實況錄音之一。演唱會開場時，我們聽見工作人員用睥睨一切的英國腔向滿坑滿谷歡呼的樂迷宣佈：「全世界最偉大的搖滾樂團，滾石！」聽完這張實況錄音，你並不會覺得他們在說大話。

儘管平均年齡才二十六歲，滾石卻已經在樂壇打滾六年，經歷過媒體圍剿、歌迷暴動、吸毒坐牢、創始團長暴斃，還有夾纏不清愈理愈亂的男女關係。放到現在來看，成軍六年或許不是多麼值得誇耀的經歷，但滾石的第一個六年，卻是流行音樂史上決定性的關鍵年代。這段時間裡，搖滾樂從風花雪月的流行歌曲轉變成青年世代表現自我的藝術形式。滾石站在這波大革命的浪頭，成爲形塑這門新興藝術的奠基者之一，也成爲搖滾樂大爆炸時期永遠的神話。

搖滾樂原本是美國人的東西，直到六〇年代初期，英國搖滾樂都還只是不大成氣候的地域性樂種。成軍之初，滾石也只是個在俱樂部走唱的藍調搖滾樂團。直到一九六四年，披頭攻下美國市場、帶起轟動一時的「英倫入侵」風潮，美國觀衆才接著認識到這個自稱「全世界最醜的搖滾樂隊」——他們刻意和披頭出道時討喜的乖乖牌形象打對台，維持「邋遢壞男孩」的邪惡形象，成功吸引了規模不亞於披頭的廣大樂迷——沒人想到這種形象竟會一直延續數十年，滾石也成了搖滾史上第一個臭名遠播的「壞男孩」組合，變成後世許多放浪形骸的搖滾樂團的「原型」。

滾石的音樂根源是美國黑人的草根藍調，尤其是五〇年代芝加哥「象棋牌」（Chess）旗下那些泥漿滾滾的「節奏藍調」（Rhythm & Blues，雖與當今R&B一詞典出同源，樂風卻大相逕庭）。從艾莫·詹姆斯（Elmore James）、穆第·瓦特斯到卻克·貝瑞（Chuck Berry），當年這些唱片並不受美國年輕人青睞，在英國也只有透過郵購才能買到，卻成爲六〇年代初一整代英國搖滾樂手啓蒙的珍寶。滾石從翻唱這些歌曲起家，但很快就發展出自己的創作。主唱米克·傑格（Mick Jagger）和吉他手凱斯·理查（Keith Richards），也成爲堪與披頭的藍儂／麥卡尼平起平坐的寫歌搭檔。

幾年下來，滾石歷經節奏藍調和迷幻搖滾的洗禮，終於在一九六八年「完全熟成」。這年，凱斯·理查發現了吉他的開放和絃（open tuning），使滾石從此擁有他那註冊商標式的，厚重、飽滿、張力十足的節奏吉他。一九六八到六九年，滾石出版了《乞丐盛筵》（Beggar's Banquet）和《任血流》（Let It Bleed）兩張專輯，音樂風格回歸草根，以藍調和鄉村音樂爲核心，使用大量原音吉他，卻創造出異常旺盛的搖滾火力，被譽爲搖滾樂的里程碑。此後數十年，凡玩四件式搖滾（鼓、吉他、貝斯、主唱）的傢伙，莫不把這兩張專輯奉爲「玩團最高境界」。

此外，米克·傑格的歌詞創作愈來愈不受拘限，六〇年代的革命激情、毫不掩飾的肉慾情色、法外之徒的頌歌、死亡和魔鬼密教、歷史傳奇的幽暗隅角，都可以入歌，這也使滾石和頭上戴著花、滿腦子愛與和平的天眞嬉皮漸行漸遠——即使沒有亞特蒙的悲劇，滾石也會走到嬉皮價値的對立面去。他們註定是一個集墮落、幻滅、陰暗、敗德於一身的團體。

一九六九，闊別巡迴演唱舞台已經三年，他們的美國之行在高漲的期待聲中揭開序幕。不久之前，他們的創始團長布萊恩・瓊斯（Brian Jones）才剛被開除出團，隨即沈屍自宅的游泳池底，年僅二十七歲，死因跟藥物酒精都脫不了關係。他們找來二十歲的吉他手米克・泰勒（Mick Taylor）取代布萊恩的位置，接下來這一年，米克・泰勒和凱斯・理查在舞台上的雙吉他競飆出許多滾石最令人難忘的音樂。鼓手查理・瓦茲（Charlie Watts）和貝斯手比爾・魏曼（Bill Wyman）共同織就緊密連綿、跌宕起伏的節奏組，米克・傑格張著著名的血盆大口滿場跳躍，一身墨黑的緊身衣，裹著鮮紅的披風，胸口是一枚類似魔鬼紋章的牛角圖樣。他的眼神帶著邪氣，儘管從裡到外早被毒品、烈酒和過度的性交浸了個透，他渾身上下仍燃燒著青春的火焰。

這五個年輕人，共同創造出流行音樂前所未有的，令人戰慄不安、興奮莫名的音樂。在他們最著名的魔鬼頌歌〈疼惜魔鬼〉（Sympathy For The Devil），米克．傑格公然以撒旦的口吻嘲笑庸碌世人：

請容我介紹自己
我是個富裕有品味的人物
我存在已經很久很久
偷走了很多人的靈魂和信仰
當初我就在那兒，看著耶穌基督
那時祂心裡充滿懷疑和痛苦……

我狂喜難抑地看著你們的國王和皇后
互相廝殺，戰火連綿百年，只為了他們自己造出來的上帝
我大吼：「誰殺了甘迺迪兄弟？」
到頭來，兇手不就是你跟我？

就在這首歌問世前不久，參議員羅伯·甘迺迪在即將邁向白宮、繼承一九六三年遇刺的約翰·甘迺迪遺志時，驟然遇刺身亡。再過不久，黑權運動領袖馬丁·路德·金恩也在曼斐斯遇刺，全美掀起種族暴動，電視新聞裡滿是冒出黑煙的汽車、橫臥道旁的死屍和搶砸一空的商店。滾石激動不安的音樂，成了那個年代最完美的背景曲。〈疼惜魔鬼〉這首歌同時也替七〇年代許多標榜「魔鬼祕教」、「撒旦崇拜」、「黑魔法」之流的重金屬樂團開啓了一扇門，只不過後起者玩得更過火，滾石的〈疼惜魔鬼〉其實沒那麼神祕，照米克·傑格的說法，這只是「玩得很好的角色扮演」罷了。不過，當年有很多人並不像他那麼輕鬆，媒體上不乏憂心忡忡的人士指責滾石利用搖滾樂推銷撒旦邪教。這類把搖滾樂跟魔鬼畫上等號的指控，儘管早在貓王出道時便曾出現，但搖滾歌手大剌剌地以撒旦自居，確實前所未見。事隔多年，這樁爭議顯得相當可笑，但也證明滾石的音樂當時確實有足以讓「大人世界」感到威脅的力量。

亞特蒙的悲劇發生之後，竟有人以爲是滾石在舞台上唱〈疼惜魔鬼〉這首邪惡的歌，才煽起舞台下不可收拾的暴動，還說「地獄天使」是因爲這首歌的教唆才犯下命案。儘管此說荒謬至極，滾石仍然在接下來的好幾年都不願意在舞台上重唱這首歌。然而，聽聽專輯裡的現場版吧。曲末米克·泰勒的吉他獨奏像斷線的風箏一樣顛狂翻飛、不知所止，遙遙穿入恍惚之境，這確實是魔鬼的音樂，飽含著致命的誘惑……。

這張專輯除了翻唱兩首早期節奏藍調巨擘卻克·貝瑞的老歌，其他作品都是一九六八以後的新作，從它們便能清楚看出，搖滾樂早已告別了天眞純情的年代，再也沒有什麼禁忌是不能入歌的了。和這些敗德、墮落、驚世駭俗的作品比起來，十多年前貓王僅僅在舞台上扭扭屁股就被目爲人民公敵，時代轉變不可謂不大。

比如〈流浪貓藍調〉（Stray Cat Blues）歌頌與未成年少女翻雲覆雨的情事，很多人都相信這是米克·傑格的親身經驗：

我看得出你只有十五歲
不，用不著看你的身分證
我也知道你離家甚遠
不過這還不用上絞架
這算不上罪大惡極
你是隻陌生的流浪貓
打賭你娘沒聽過你這樣叫
打賭你娘沒看過你這樣咬
打賭她沒見過你抓我的背

〈街頭鬥士〉（Street Fighting Man）則把街頭暴動和青春期的躁動冶於一爐，滿是勃發的怒火。我們當然不會忘記一九六八年延燒整個西方世界的學潮：

我聽見街上到處都是隊伍行進的腳步
因爲夏天到了，上街戰鬥，時機正好
嘿，我的名字就是動亂
我要狂吼，我要高喊
我要殺了國王，因禁他的僕從
但一個可憐的小夥子，到底還能幹什麼，
除了在搖滾樂團大聲歌唱？
畢竟在昏昏欲睡的倫敦城
並沒有街頭鬥士施展的餘地……

但整張專輯裡，最令人毛骨悚然的，恐怕還是〈午夜浪人〉（Midnight Rambler），一首描述連續殺人犯的歌。他把當年轟傳一時的連續兇案主角「波士頓勒頸人」（Boston Strangler）寫進了歌詞，撩撥起每個人午夜時分最恐怖的夢魘：

你可看到我翻進你家院牆？
你可看見我闖進你的臥房？
假如你眞的遇到了午夜浪人
他踏進你鋪著大理石的客廳
撲上來，像頭驕傲的黑豹……
聽聽午夜浪人製造的聲響
我會砸碎你的每一片玻璃窗
一拳打穿那扇樓梯門……
假如你眞逮到了午夜浪人
他眼睜睜偷去了你的愛人
且壓下你滿腔難忍的怒火
我會用利刃劃開你的喉嚨，寶貝，那會很疼！

除了這些灼熱壓迫的暗黑搖滾，滾石用〈徒然的愛〉（Love In Vain）這首翻唱的老藍調，證明了他們仍然有著抒情的靈魂，並且擁有深沈遼闊的歷史感。這首歌原本是老藍調巨擘羅伯．強生（Robert Johnson）一九三七年錄下的作品，滾石先在《任血流》專輯中翻唱，把它改成了柔情萬種、肝腸寸斷的慢板鄉村搖滾，繼之在演唱會舞台上加入了米克．泰勒慢騰騰的滑弦電吉他，使這首原就淒美絕倫的歌，多了一層既甜且苦的濃郁滋味。這段獨奏和〈疼惜魔鬼〉末段的吉他狂飆交互輝映，足以列入整張專輯最精彩的器樂段落。

亞特蒙事件大大掩蓋了這張專輯的光彩，許多人在當時只記得這樁醜惡的事件，卻忽略了滾石這年在舞台上創造的音樂，可能是他們有史以來最精采、最飽滿、最滴水不透的演出。這是搖滾樂百花齊放的爛熟期，但一旦爬到了巔頂，接下來無處可去，只有下坡。亞特蒙事件讓滾石從巔峰摔到谷底，七〇年代之後的米克．傑格滿場蹦跳依舊，眼神裡那股鮮鮮莽莽的邪氣卻煙消雲散，他們的演出也永遠不再擁有一九六九這種令人膽寒的、沛然莫之能禦的力量。

這之後，滾石仍然繼續創作演出不懈，並且至少又出了兩張名垂千古的經典專輯。但在舞台上，即使在最好的時候，他們聽起來也只能像是對《Get Yer Ya-Ya's Out》這段時期的模仿。再荒唐的青春仍然是青春，後來的滾石儘管又賣掉了上千萬張唱片、不斷打破票房紀錄，但這種浸透骨髓、讓你打從靈魂深處顫抖的音樂，就跟我們的青春期一樣，註定是不會再回來的了。

（二〇〇一）

光環毀棄，美夢驟醒

關於《藍儂回憶》

假如七〇年代的降臨意味著一連串殘酷的幻滅，那麼約翰．藍儂的這篇訪談，很可能是其中最狠最痛的一擊。一九七〇年，藍儂早已對昔日的「披頭」身分和所謂六〇年代神話深惡痛絕。身爲這樁神話的創建者，他決定當著萬萬千千觀衆的面，親手揉碎它。就像〈上帝〉（God）這首歌裡唱的：

我曾經是織夢的人／但現在我已重生
所以親愛的朋友／你得自己過下去
夢已經做完了……

這篇石破天驚的訪談錄，不妨視為一次壓抑了三十年纔終於爆發的嘔吐，一場透過對話開展的驅魔儀式。而它的背景音樂，當然就是一九七〇年的《塑膠小野樂團》(Plastic Ono Band) 專輯。

《塑膠小野樂團》可能是藍儂最了不起的作品。綜觀藍儂畢生的創作，連披頭時期在內，沒有任何東西比《塑膠小野樂團》更赤裸、更誠實、更苦澀。這是剝除一切偽飾，探往內在最脆弱的傷口，用音樂進行自我治療的紀錄。受到「原生吶喊」心理療程的啓發，藍儂終於敢讓壓抑多年的苦痛宣洩而出：失父喪母的陰影、社會階級的矛盾、情愛與人際關係的混亂、獨自面對世界的無力感、對偽善大人世界的怨怒……他正面逼視自己的懦弱與恐懼，彷彿只有大聲吼叫出來，才能除魅驅魔、重獲平靜。

透過這張專輯，還有這篇訪談錄，藍儂正式告別了五光十色的六〇年代，也告別了披頭的神話。

一九七〇大約是搖滾樂第一個輝煌時代的尾聲——有史以來最成功的二重

唱賽門與葛芬柯、民謠搖滾超級樂團CSNY和地下搖滾宗師地下絲絨紛紛宣告解散，嬉皮世代桀傲不馴的偶像吉米．韓崔克斯、珍妮絲．卓普林相繼暴斃。一九七一年夏天，躲到巴黎寫詩的吉姆．莫里森也因嗑藥過量，陳屍自家浴缸。一九六九年五十萬人齊聚的烏茲塔克音樂節，以及它所代表的天真爛漫的「花童」精神，已經像是上一個時代的陳跡了。

在這一切令人沮喪的消息之中，最讓全球樂迷心碎的，恐怕還是一九七〇年四月十一日的一則外電：保羅．麥卡尼宣稱脫團單飛，披頭正式解散。我們不得不承認，搖滾樂終究還是沒有辦法改變這個醜惡的世界。事隔多年，在音樂市場分眾日益細碎的現在，我們實在很難想像披頭對那個世代的青年到底有多麼重大的意義，何以一個樂團的解散竟能讓半個地球的年輕人如喪考妣？

套用《滾石》雜誌總編輯楊．韋納的話，在當時，披頭是「地球上最受矚目的現象」。用藍儂自己的話來說，則是「比耶穌更受歡迎」。於是我們多少可以想像藍儂要打破的那個神話，是多麼牢不可摧。那是不只一整個世代共同擁有的記憶與夢想，那是數以億計的青春年華共同見證的笑聲與淚水，那是當我們對生命中種種不堪感到絕望時，重新賦予我們力量的泉源。而藍儂幾乎親手毀滅了這一切：「夢已經做完了」。

時年二十四歲的韋納拎著錄音機去面見藍儂夫妻的時候，《滾石》創刊纔三年，還是一份帶著同人刊物氣味、猶保有若干「地下精神」的雙週畫報，和後來那本全美發行量最大的音樂時尚雜誌，乃至於日後韋納創建的媒體帝國，尚完全無法聯想到一塊兒。年輕的韋納充滿自信，單刀直入、一無所懼，藍儂本人也正好想要「豁出去」、把話一次講清楚，加上小野洋子不時插入、火上加油的發言，使這篇對話錄充滿了張力和奇趣。

這篇轟動一時的專訪大大擴張了《滾石》的影響力，讓它站穩了青年世代媒體霸權的地位。《滾石》的專訪單元，從此也成爲它的招牌，替當代文化史留下不少珍貴的紀錄。多年來，《藍儂回憶》一直都是所有「文化人專訪」的參考座標，也是「深度搖滾書寫」的經典範例——每個拎著錄音機的記者，夢寐以求的就是有朝一日能寫出像《藍儂回憶》這樣專業、深入、「後勁十足」的對話錄，而能留名青史。

20
December 8, 1980
REMEMBER
John
Lennon
There is a wind that never dies

不過，這畢竟是一篇在特殊時期、特殊情境下的產物。就連藍儂自己，日後也修正了若干自覺過分的說法。

藍儂是個缺乏耐性、喜新厭舊的人，對飣餖考證的「披頭學」更是嗤之以鼻。訪談中他屢屢弄錯自己作品的細節，甚至連披頭專輯的出版順序都搞不清楚。可見他對自己的作品，往往遠不如樂迷那麼在乎。此外，當時的媒體（包括一些自詡前進的樂評刊物）對藍儂和洋子驚世駭俗的行徑充滿敵意，並屢屢把披頭的解散歸咎於洋子的介入。藍儂滿腹委屈，不免口無遮攔，一心否定披頭的功績，偶有「矯枉過正」之嫌。例如他對製作人喬治．馬丁（George Martin）的否定，還有他對某些披頭歌曲創作角色分工的錯誤印象，在日後的專訪中都做了修正。所謂「披頭的音樂在簽約給唱片公司之後就死了」的說法，顯然也是一時激憤之語。訪談當時他和新任經紀人艾倫．克萊（Allen Klein）關係正好，語多讚許，然而這並沒有維持很久——克萊在一九七三年被開除，藍儂後來甚至表示「保羅當初對此人的懷疑或許有幾分道理」。此外，由於跟保羅交惡，藍儂所謂披頭眾多暢銷曲僅有創作初期少數作品是兩人合寫、後來便幾乎都是各寫各的，也與事實不盡符合。

這些枝節並不影響閱讀這本書的樂趣。況且這篇專訪最大的價值，正是藍儂的「口無遮攔」。在挾沙帶泥的滔滔議論中，我們得窺他如何評價自己的才華，如何在自信與自卑之間反覆焦慮，如何面對盤根錯節的娛樂工業和媒體生態，如何痛恨虛僞的上層階級，如何看待自己的財富，如何在「藝術家」和「經營者」衝突的角色之間痛苦輾轉——即使碰到藥物、宗教、政治、痛苦的成長經驗、披頭熱潮不堪聞問的陰暗面、乃至於私密生活的挫折，藍儂也都侃侃而談。這樣徹底的自我暴露，在當時是絕無前例的。

藍儂畢生僅僅做過兩次「眞正深入」的專訪，分別在一九七〇年披頭解散之初，以及一九八〇年遇難身亡前夕。讀者若想更全面地了解藍儂，不妨一併參閱他在一九八〇年底猝遭槍殺前一星期，和洋子一起接受《花花公子》（*Playboy*）深度專訪的紀錄《我們只想說》（*All We Are Saying*）（市面有單行本）。三十歲的藍儂是一個憤世嫉俗的青年，急於在一片混亂中重新定位自我，甚至不惜自虐自毀；四十歲的藍儂則是一個顧家的父親，對未來充滿樂觀和希望，回顧披頭時代的種種，也有了更多的包容和自信。若是讀完《藍儂回憶》如鯁在喉，不妨試著讀一讀《我們只想說》，相信對「約翰．藍儂」這個被太多形容詞與光環籠罩的名字，會有更實在、更貼近的理解。

一九七〇年，民國五十九年，阿姆斯壯剛剛登月成功，尼克森將要連任美國總統。文革仍然如火如荼，四人幫還有六年才要垮台。台灣被迫退出聯合國，邦交國七零八落。次年季辛吉密訪中國，遊長城喝茅臺，替尼克森會見毛澤東鋪路。消息傳來，台灣舉國悲憤不已，咸有「奈何明月照溝渠」之嘆——儘管台美斷交還得等上八年才會成眞。民族主義口號喊得震天價響，大學畢業生共同的出路卻仍然是赴美深造。假如你在民國五十八年秋天從松山機場離開冷肅封閉的故鄉、飛往美國，那麼你有機會一頭撞進全美學潮的最巔峰，親眼目睹十一月十五日華盛頓紀念碑廣場集結五十萬人的反戰大遊行。就在留學生目瞪口呆看著長髮嬉皮焚燒徵兵證、舉牌遊街、和警察互毆、群聚吸大麻之後不久，保釣運動大興，開了窾的留學生發起激烈的鬥爭。經歷複雜曲折的幾個寒暑，不同立場的人在相異的陣營紛紛經驗了相似的幻滅，如今你還可以在劉大任、張系國、郭松棻的小說裡，捕捉那個時代苦澀的餘味。

而在這一切畫面的背後，轟轟然不斷響著的，是百花齊放漪歟盛哉的搖滾樂，那是六〇年代一切青春神話的主題曲。披頭的歌，則是其中最嘹亮的篇章。藍儂苦澀的回憶，如今看來，不僅沒有稍減披頭音樂的光采，反倒讓它們顯得更立體、更生動了。當我們明白披頭也只不過是凡人的同時，反而更要感激他們竟能在那個瘋狂混亂的時代，做出這樣美好的音樂——即使過了這麼多年，那仍然是披頭神話中最玄妙、最神祕、連創作者自己都難以解釋的部份。

但願《藍儂回憶》的中文全譯本，能夠給二十一世紀的讀者一些啓發，尤其是藍儂始終守住了的原則——誠實面對自己、誠實面對世界、誠實創作。相信不管在哪個時代，這都是不該被遺忘的美德。

（二〇〇四）

我所知道的柯恩

第一次聽連納．柯恩（Leonard Cohen）是毫無心理準備的。那是一張七〇年代的精選輯，封面底色昏黃，一塊圓形穿衣鏡佔滿了畫面。鏡裡映照出一個全身墨黑的男子，黑色的西裝，黑色的套頭衫，一手整理著領口，望著鏡中的自己，表情嚴肅，像要去參加葬禮。他跟我所認識的「搖滾樂手」形象完全不相干，那幀黑白照片裡掛著花布窗簾的房間，是另一個次元的世界。

專輯開場第一首歌就是迭經翻唱的名作〈蘇珊〉（Suzanne）。它像夢一樣滲透到我的血液裡去：

蘇珊帶你下去／到她河畔的居處／在那裡你會聽見／船徐徐駛過
你會和她共度今夜／你知道她半顛半狂／正因如此你想到她身邊

她餵你茶和橙子／來自遙遠的中國
你正想對她說／你沒有愛可以給她

她便讓你融入她的波長／讓河水回答一切／你一直都是她的愛人

你想和她一起旅行／你想盲目踏上旅途／你知道她會信任你
畢竟你用你的心靈／撫觸過她完美的身軀……

耶穌是個水手／當祂在水面行走／祂也花上長長的時間眺望
自那座孤懸的木塔／祂終於明白／只有溺水的人能看見祂
祂說「那麼所有人都是水手／只有海能讓他們自由」
但祂自己卻被毀壞／早在天門大開之前／被拋棄，幾乎像凡人
祂在你的智慧中沈沒／像顆岩石……

你想和祂一起旅行／你想盲目踏上旅途／你想或許可以信任祂
畢竟祂用祂的心靈／撫觸過你完美的身軀……

蘇珊執起你的手／領你來到河邊／她披掛著破布和羽毛
來自舊衣回收站／陽光像蜂蜜流淌／照耀港口的守護女神

她帶引你的視線／穿越垃圾和鮮花
那兒有藻草中的英雄／那兒有晨光中的兒童
他們探出身軀期待愛情／然後永遠保持那樣的姿勢
蘇珊手裡／正握著一面鏡子……

你想和她一起旅行／你想盲目踏上旅途／你知道可以信任她
畢竟她已經用她的心靈／撫觸過你完美的身軀……

LEONARD COHEN
THE BEST OF
Suzanne
Sisters Of Mercy
So Long, Marianne
Bird On The Wire
Lady Midnight
The Partisan
Hey, That's No Way To
Say Goodbye
Famous Blue Raincoat
Last Year's Man
Chelsea Hotel No. 2
Who By Fire
Take This Longing

多年以後我纔知道這首歌原來是一樁眞實故事，蘇珊眞有其人，彼時已經結婚，柯恩和她一如歌裡所述，始終沒有肌膚相親。那座港市，正是柯恩成長的蒙特婁。一九九四年柯恩接受訪談時，甚至還記得歌中桔茶的廠牌。如今，所有歌迷來到蒙特婁觀光，都不會忘記去看一眼歌裡提到的那座海濱聖母像。

柯恩是加拿大人，從創作輩分上來看，他算得上是「垮掉一代」（The Beat Generation）的詩人，比迪倫、滾石和披頭年長一整個世代——仔細算下來，他比貓王還大一歲。他比所有搖滾樂手都更早嘗試迷幻藥，並且把那樣的經驗寫進了書裡（《美麗失敗者》（*Beautiful Losers*）堪稱箇中代表）。儘管柯恩十三歲就學過吉他，也玩過一陣子樂團，但他很早就放棄了音樂，專心寫詩。早在五〇年代，迪倫還在高中樂隊翻唱小理查（Little Richard）的歌，搖滾樂還在青少年你情我愛的世界打轉的時候，柯恩已經在文壇卓然自成一家，甚至還有一齣以詩人柯恩爲題的紀錄片《各位來賓，連納・柯恩》（Ladies & Gentlemen, Leonard Cohen）。在他以歌手身分站上一九六七年新港民謠節的舞台之前，柯恩已經寫了五冊詩集、兩本小說，並且被譽爲「加拿大有史以來最重要的作家之一」。

父親留下的遺產，加上版稅和文學獎助金，讓柯恩得以浪跡天涯，往來於故鄉蒙特婁、紐約東村和愛琴海的島嶼之間，過著波希米亞式的生活。就像所有嚮往流浪又自認有才氣的年輕男子所夢想的那樣，他是個離不開女人的男子。柯恩早年的情史，據說可以寫成厚厚的百科全書。他在希臘一座名爲海德拉（Hydra）的島上擁有一間木屋，在那個年代，島上聚集了許多自我放逐的藝術家，他和其中一位挪威女子瑪麗安．楊森（Marianne Jensen）同居許多年，甚至還生了孩子。這段戀情最後以瑪麗安回到前夫身邊作結，柯恩的名作〈再會，瑪麗安〉（So Long, Marianne），記錄了這段感情的尾聲：

我總以爲自己是個吉普賽男孩／直到我讓你帶我回家
你知道我多麼喜歡與你同住／但你讓我徹底忘卻了這些
我忘了爲天使祈禱／於是天使也忘了爲我們祈禱……
我倆相識的時候幾乎還年輕／在鬱鬱蔥蔥的丁香園深處

你緊抱著我，彷彿我是一尊受難像
我倆跪著，度過漫長黑暗的時光……
現在我多麼需要你私藏的愛／我像一把簇新的剃刀那樣冰冷……

所以再會，瑪麗安／是時候了，我們又要為這樣的事
發笑，哭泣，哭泣，發笑，一切又要從頭開始……

也是在海德拉島上，刺眼的陽光裡，柯恩用一台歐立維提（Olivetti）打字機，瞇著眼，裸著上身，敲出了一整本的《美麗失敗者》。這部書問世時，《波士頓地球報》贊道：「喬哀思（James Joyce）其實沒死，他住在蒙特婁，化名連納・柯恩。」這部書一九六六年上市迄今，在全球各地已經賣出超過一百萬冊，並且被譽為加拿大有史以來最前衛、最傑出的小說之一。寫完這部書，柯恩便再也沒有發表小說創作——次年他在新港音樂節的演出獲得哥倫比亞唱片約翰・哈蒙（John Hammond）的注意（此公慧眼發掘的奇才包括比利・哈樂黛

（Billie Holiday）、巴布・迪倫、艾瑞莎・富蘭克林（Aretha Franklin）、布魯斯・史賓斯汀（Bruce Springsteen）和史帝夫・雷・范等等），經過哈蒙穿針引線，柯恩的首張專輯在一九六八年發表，大受好評，從此「歌手柯恩」的形象，便永遠取代了「詩人柯恩」。

柯恩出版第一張專輯的時候已經三十四歲，對喊出「別相信三十歲以上的人」口號的嬉皮世代來說，柯恩簡直就是個老頭兒了。爲什麼要唱歌？根據柯恩自己的說法，他覺得悶頭寫詩遲早會餓死在陰溝裡，灌唱片或許可以多賺點錢。他和紐約東村的民謠歌手廝混，也認識了不少搖滾青年。其中一段羅曼史發生在紐約著名的雀兒喜旅館（Chelsea Hotel）——在旅館電梯裡，柯恩結識女歌手珍妮絲・卓普林，兩人短暫相戀，旋即分道揚鑣。後來這故事被他寫進了〈雀兒喜旅館之二〉（Chelsea Hotel #2）：

我清楚記得在雀兒喜旅館的你
你已名滿天下，你的心是一則傳奇

你說你比較喜歡英俊的男人
不過爲了我，你可以容許例外
你爲我們這樣的人握拳
我們總被所謂美麗的尺度壓迫
你打點好自己，你說，無所謂，
我們都很醜，可是我們有音樂……

然後你便這麼走了，不是嗎寶貝
你轉過身去，背對人群
你便這麼走了……

柯恩從來就不是快樂的。歌裡的他自憐、憤世、犬儒、沈溺，但從來都不快樂。就像他的一身黑，和唇邊那兩道深深的、刀刻一樣的法令紋。他很少笑，笑的時候也像是在自嘲，或者譏誚，那不是快樂的表情。他穿西裝，黑色的。他穿羊毛套頭衫，黑色的。他喝大量的咖啡，菸不離手。他的眼神灼灼逼人，像兩口深井反射著陽光。

從一九六八年的《連納·柯恩之歌》（Songs of Leonard Cohen）開始，到二十一世紀初，他總共只出了十來張錄音室專輯，張張均非凡品。很多人都說柯恩首先是個詩人，然後才是歌手。然而，誰能抗拒他那要死不活自憐低沈的嗓音呢。他的詞即使脫離旋律，仍然深邃、動人。然而，柯恩的旋律也是過耳難忘的。作爲音樂人的柯恩，仍然足以在樂史投下高大的身影。只是他的詩太好，光芒往往掩蓋了他的音樂。無論和什麼樣的製作人合作，柯恩的詩句永遠是壓倒性的主角，即使是菲爾·史培特（Phil Spector）那樣橫征暴斂的製作人，也不得不臣服。

柯恩早年的編曲多半簡潔，只有寥落的吉他和鍵琴，偶爾配上淡淡的弦樂跟和聲。後來他嘗試不同的樂器編制，一路聽下來，驚奇不斷，每張專輯幾乎都是新的實驗。比如一九八八年的《我是你的男人》（I'm Your Man），電子合成樂的沈鬱節奏成爲編曲的主幹，加上妖嬈的合音天使，風格極是強烈。在人慾橫流、泡沫愈堆愈高的年代，柯恩找到了他和「當代」接軌的聲腔。從這個時期開始，柯恩的聲嗓一路沈落下去，昔時自溺、憂鬱、脆弱的歌聲，變得粗礪迫人。這樣的聲音一路延續到二〇〇一年的《十首新歌》（Ten New Songs）和二〇〇四年的《親愛的希瑟》（Dear Heather），那被酒浸過被菸薰過被火燒過被風吹過的聲喉，冷漠的表情底下，是滾滾如岩漿的溫度，照亮人心最深最暗的底層。

早在浪蕩的青年時代，柯恩便已經對東方玄學大感興趣。禪、道、佛學和中國古典詩，都是彼時「垮掉一代」苦悶精神的出口，這方面的主題一直延續到柯恩的晚年。一九九五年，他六十一歲，竟然剃度出家，到洛杉磯市郊的禪寺去當和尚了。他透過網路把自己的手稿和畫作交給一個歌迷網站發表，也沒有中斷寫歌，但他已經完全跟音樂圈斬斷了關係。唱片公司也無可奈何，只能等他修成正果、早日下山。我們都知道，柯恩是催不得的。一九九九年，柯恩終於結束禪僧生涯、重回人間，新專輯《十首新歌》卻遲至二〇〇一年冬才問世。這張專輯在他自家錄製完成，仔細聽完，你會同意，漫長的等待確實值得。放眼樂壇，柯恩仍然沒有對手。

二〇〇四年，年滿七十的柯恩推出了《親愛的希瑟》專輯，仍然低調、深沈、細膩、無可取代。法國人曾經說他是「二十世紀後期最重要的詩人」，未必是過譽之辭。二〇〇六年，向柯恩致敬的紀錄片《我是你的男人》殺青上映，立即橫掃全球各大影展。時至二十一世紀，柯恩仍然是全球最酷的男人……。

柯恩還是經常穿一身黑西裝，住在洛杉磯郊區。他抽很多香菸，開一輛豐田4×4貨卡，喜歡吃希臘菜，用起email十分順手，並且自學電腦編曲和電腦繪圖。其中一部分畫作交給「連納・柯恩檔案」（The Leonard Cohen Files）網站發表，畫得比絕大多數年輕人都好。我們永遠不可能知道那顆深不見底的腦袋還會帶來哪些驚歎，作爲歌迷，只能祈禱他長命百歲，繼續唱、繼續寫。《親愛的希瑟》不該是他最後一張專輯，更希望《美麗失敗者》並不是他最後一部小說。

在結局揭曉之前，且讓我們按下PLAY，繼續等待。

（二〇〇三，二〇〇六補完）

深邃南方升起的吟哦

我不知道該怎麼形容他們。那些匿身在兩次世界大戰隔開的久遠年代之前，從祖先的祖先就一直默默勞動著的奴隸的後裔。他們有著比最深的海水還深的膚色、大而多骨節的手掌、緊抿著的厚唇、眼瞳深邃明亮。他們住在我所無法想像的田野深處，在都市與都市之間的荒涼地帶耕種，生養後代，然後默默死去。他們沒有太多娛樂，有人偶爾會用雪茄菸盒、掃把柄或者空罐頭，纏上細鐵絲，鏗鏗彈奏起一陣緊似一陣的樂音，配上即興的歌詞，一唱三歎，勾引出潛藏在非洲大陸深處的集體記憶。這些自製的克難樂器後來被木吉他取代，留聲機適時發明，把他們的聲音攔截在蠟盤上，也讓這種音樂有了迅速傳播開來的載體。就在兩次世界大戰之間，從二〇年代後期開始、橫越整個不景氣年代，藍調，在瀰天漫地的老唱片炒豆子聲中吟哦著、自歷史的煙塵中徐徐升起。

藍調，這種音樂當初是如何撲攫上身，讓我中蠱一般深陷進去，如今竟已不復記憶。到底是什麼使我著魔？或許是綿延不絕的炒豆子雜音造成那種古文物般的魅趣氣氛，或許是斑駁漫漶的老照片裡那些盲眼歌者的枯索面容，總之，這些粗礪苦澀的音樂，銼磨著我的聽覺神經，塗繪出一幀幀詭異的風景。有的歌像是黑暗時代的木刻版畫，記錄著令人汗毛倒豎的噩夢：

今天一早，你在敲我的門
今天一早，噢，你在敲我的門
我說：「哈囉，撒旦，
是上路的時候了。」
我和魔鬼，肩並肩走著

我和魔鬼，噢，肩並肩走著
我要揍我女人，
一直揍到我滿意……

你可以把我的屍體
埋在公路旁
（念白：你把我埋到哪裡都無所謂，寶貝，
在我斷氣之後）
你可以把我的屍體，噢，
埋在公路旁
這樣，我邪惡的老靈魂
才能搭上灰狗巴士，到處遊蕩……

這是羅伯·強生（Robert Johnson）的〈我和魔鬼的藍調〉（Me and the Devil

Blues）。是什麼樣的歷史、什麼樣的土壤，讓一個黑人小夥子在一九三七年唱出這樣的歌詞？那條灰狗巴士隆隆駛過的，二次大戰前被毒殺的藍調歌手鬼魂會在午夜四出晃蕩的公路，該是什麼模樣？我翻出世界地圖，拿出放大鏡，從密西西比三角洲逆流而上，想從密密麻麻的陌生地名拼湊若干線索。紅線是公路，藍線是河流，大片的綠底代表廣袤的平原。沿著河，我找到了他的出生地榛林（Hazelhurst），再往上，看見了他被毒死的所在綠林鎮（Greenwood）。

Deep south，這是美國人形容這塊地區的別名：「深邃的南方」。星羅棋布的小村莊，遠離所有大都市的勢力範圍，這裡是無數藍調歌手的出生地。他們在農莊採棉花、在公路開貨卡，閒時則背著吉他，在城鎮間走唱賺錢。彼時做一個走唱歌手，生涯處處險惡：你若唱得比別人好，其他歌手會嫉恨你；你若勾搭上不同的女人，每個吃醋的姑娘都會和你結仇；萬一勾搭上的女人原本就有伴，她的男人便會千方百計要做掉你。而年輕氣盛的羅伯．強生，一樣都不缺。

羅伯．強生大概是最有名的老藍調歌者，這都得謝謝那部名叫《十字路口》（Crossroads）的二流電影。影片中，八〇年代的白人少年為了尋找傳說中的羅

"GRAVEYARD DIGGER"

0222 { Graveyard Diggers' Blues
Lonesome Road Blues

"SLOPPY DRUNK"

0230 { I'm Still Sloppy Drunk
Man Of My Own

"DESERTED MAN"

0224 { Deserted Man Blues
Motherless Boy

摘自一九三〇年代美國南方的唱片廣告單。一張圖描述一首藍調歌曲，分別是：〈掘墓人的藍調〉、〈我仍爛醉如泥〉、〈被遺棄的男人〉。

伯・強生第三十首創作曲，深入密西西比三角洲，最後在一場競奏大車拚裡把反派的吉他怪傑打垮（由重金屬神手史帝夫・范（Steve Vai）飾演），結局皆大歡喜。那是高中時代的一捲錄影帶吧，大家看過之後，從此都對羅伯・強生把靈魂賣給魔鬼、換取吉他神技的故事朗朗上口。然而這則傳說的魅異魔力，永遠也比不上強生本人的歌聲：他悽楚的嗓音和精準繁複的吉他指法環環相扣，徐徐釋放出最深最黑的恐懼、慾望與傷痛。獨自聆聽他當年在權充錄音室的旅館房間錄下的歌曲，整個世界都隨著他的撥彈與吟唱暗沈下來。那是一個「背面的世界」，充滿了歪斜的情感和無解的矛盾。

一九三八年，強生本來有機會北上，參加卡內基音樂廳的演出、揚名立萬。但是當主辦單位試圖在南方平原繁星般的鄉鎮間聯絡他的時候，羅伯・強生已經因爲勾搭酒店老闆娘，而被酒店老闆以一杯摻了番木鼈鹼的威士忌毒殺了，只留下二十九首歌，盤根錯節，構成一片黑暗的小宇宙。這些歌後來發揮了無與倫比的影響力，直接構成五〇年代崛起的搖滾樂的根源。

而羅伯・強生，在沈埋了半個世紀之後，他小小的墓碑近年終於被考據家發現，離灰狗巴士呼嘯而過的七號公路，只有一石之遙。

許多早期的藍調歌者都是盲人。他們有著相似的背景：出身窮鄉僻壤的貧戶，家經常裡有十幾個小孩。瞎眼的孩子在食指浩繁的家庭沒辦法貢獻勞動力，只好放著自生自滅。於是他們離鄉背井，學琴賣唱養活自己。對他們來說，唱歌不是娛樂，而是生死交關的謀生之道。於是他們的歌聲經常沈鬱而悲涼，這又恰巧捕捉到了南方大多數黑人的集體情緒。在經濟不景氣的三〇年代，這些盲歌手灌錄的七十八轉單曲唱片被稱作「種族唱片」（race records），和白人聽的「流行唱片」（pop records）相對，通常只在南方的城鎮間流傳，平均銷量從數百張到三四千張不等，一旦賣到萬張以上就算超級金曲了。這些現在都成爲傳奇的歌者，當年做夢也不會想到自己的錄音會在二十世紀下半葉成爲流行音樂史不可或缺的基石。

最早成名的盲眼藍調唱片藝人是「盲檸檬」傑佛遜（Blind Lemon Jefferson），他的第一張唱片可以推回一九二五年。傑佛遜在走唱街頭之前曾經當過職業摔角手（盲眼摔角手！），但是走唱賺的錢多得多，所以他把收賞錢的洋鐵皮杯子掛在脖子上，轉戰南方各州走唱維生，靠著街頭的賞錢，他居然也過得挺好，據說還養得起老婆和孩子。

傑佛遜傳世的照片只有一張，就像當時的許多沙龍照一樣，傑佛遜正襟危坐，緊緊閉著的雙眼上，是一副金絲框眼鏡。他側坐在畫出來的佈景前，斜斜握著吉他，和他高壯的體格比起來，吉他顯得十分小巧。扣著的西裝前襟上，這位七十年前的攝影師替傑佛遜曝光過度的領口畫上了一條領帶，還勾黑了他的領線。領帶草草點上去的碎花，說明了這不是一家太考究的攝影社。此外，照片上還有傑佛遜的簽名，以一絲不苟的書寫體直接簽在底片上——這顯然是代筆。

傑佛遜的錄音，聽在我們被寵壞了的耳朵裡，簡直就像吃慣小籠點心的人被迫生吞草根樹皮。夾在暴雨般的雜音中間，瞎眼的歌手嗚咽地唱起〈黑蛇歎〉（Black Snake Moan）。第一句就石破天驚：

Oh...oooh, ain't got no mama now...

嗚——嗚，沒有媽媽了……

接著就是一段用力刷奏吉他的聲音。此時你只會全身起雞皮疙瘩，並且感謝自己至少比歌者幸福。他還有一首令人整顆心揪結成團的歌，〈看看我的墓穴乾不乾淨〉（See That My Grave is Kept Clean）：

兩匹白馬跟著我，

兩匹白馬跟著我，

牠們要到我的葬地去。

可曾聽見棺木碰撞的聲響？
可曾聽見棺木碰撞的聲響？
又一個可憐的男孩，埋到了地底下……

最後只想請你再幫一個忙，
最後只想請你再幫一個忙，
看看我的墓穴乾不乾淨？

「盲檸檬」傑佛遜的唱片生涯只有短短三四年，至於他到底死在哪一年，一直眾說紛紜。據說他在一九三〇年死於突發心臟病，但另有傳說指出，他在一九二九年芝加哥大風雪過境時倒臥街頭，活活凍死。當人們把傑佛遜的屍首從雪堆裡挖出來，他的手，已經和吉他的琴把緊緊凍結在一起了。

（一九九八）

那些寂寞美麗的噪音

你在MTV台彈彈吉他
什麼都沒做，錢就來了
還有免費的馬子！

——險峻海峽（Dire Straits），
〈浪得虛財〉（Money for Nothing），一九八五年

給我錢，很多錢！
那就是我要的！我要自由！

——披頭約翰·藍儂，翻唱老歌〈錢〉（Money），一九六四年

搖滾樂手的形象，是這樣令人神往：原本註定一敗塗地的人生，因爲一把電吉他（或者一雙鼓棒一架鍵琴一支麥克風）而放散出懾人心魄的光芒。

那些人渣青年，早在乳牙還沒換的時代就被老師放棄、被家長毒打。你從小聽到的都是羞辱和奚落，來自大人，也來自勢利眼的同儕。你的青春期總在百無聊賴的晃蕩中度過，由於長相多半寢陋，口才亦非便給，往往在男女爭逐的遊戲中屢戰屢敗，這使你的眼神漸漸累積出憤世的疏離。運氣好的話你會在幾年後娶一個其貌不揚的女子，生養一群其貌不揚的子女。運氣不好的話你會在許多低階工作之中遊走，最後你的名字會成爲親族聚會時沒人願意提起的禁忌。

假如不是在哪個百無聊賴的午後看了一場樂團演出，或者買了一張「地下絲絨」的唱片，或者碰到另一個人渣朋友打算邀你一起搞樂團（樂器可以等團

員到齊再學），你的生命大概就這麼不死不活地過下去了。然而搖滾樂改變了這一切，是的，在背起電吉他狠狠刷下去的那一刻，你清楚地知道，得救了。

你得救了。原本畏縮懼光的臉，倏忽有了足以讓女子們昏厥男子們妒忌的魅力。揮手成風，凝眸成雨，原本在街上擦肩而過也不會看你一眼的那些人，一下子全都擠在你的腳邊歡呼雀躍、想盡辦法要摸你一下。

一夕之間，你有了花不完的錢，睡不完的美女，還有嗑不完的藥。啊，是的，總統套房裡滿床橫陳的女體，桌上是吸了一半的白粉，昂貴的名牌衣飾隨便扔在地上，房間裡的豪華電視機早就在剛剛的派對中被扔進游泳池了。你的鼓手昨天才撞爛他的第三輛藍寶堅尼，他自己竟然毫髮無傷。此刻你倆想著還有什麼事情是更刺激的？或許我們該把這見鬼的房間一把火燒了？反正唱片公司會付帳。

漸漸你發現這一切都來得太容易，只要站上舞台，千萬人就會自動黏上來，就算你彈得亂七八糟、唱得荒腔走板，他們照樣給你歡呼給你擁抱。無窮無盡的派對和過度飽脹的官能刺激，使你提前感受到衰老的陰影惘惘逼近。你無計可施，在舞台上對著千萬人罵髒話、摔樂器、把滿肚子大便都奮力嘔出來拋回觀眾席，卻只讓他們比以前更更瘋狂、更更愛你。

你沮喪極了，只好繼續吸白粉。旅館清潔婦在浴室發現你的屍體的時候，水龍頭還開著，床頭的手提音響正大聲播放著多年前那個百無聊賴的午後你買的那張「地下絲絨」唱片。根據搖滾史的平均曲線，這一年你最可能的年紀，是二十八歲。

二十郎當，暴得虛名，換成你我，大約也會做出差不多的事情。他們只是用肉身證成了你我永遠不敢也永遠沒有本錢去實踐的白日夢。

我知道你跟我一樣寂寞
但至少今夜，我們是自由的
所有的許諾都要粉碎……

——布魯斯・史賓斯汀，
〈雷霆大道〉（Thunder Road），一九七五年不知道有多少人在青春時代的某一天，按下錄音機的播放鍵，啓蒙時代便倏然來臨。

生命中只會有寥寥幾個這樣珍貴的片刻。你撞上了一樁什麼物事，足以改變你和這個世界相處的方式。就在那個瞬間，你永遠告別了懵然的舊時光。你感覺到前所未有的飽滿，然而也感覺到一些些的失落。你知道這樣的經驗是無法言說、難以分享的。而且漸漸地，你會習慣這種孤獨，甚至享受起這種孤獨，不過難免帶著點不甘心——你總覺得，世界這麼大，總該有人懂得你的感覺。若是遇到那樣的朋友，你們或許只需要交換一個會意的眼神，微笑頷首，無須言語，一切便已足夠。

十六歲那年，瘋狂聽起父母輩的搖滾樂。彼時那都已經是二十年前的老古董了，我所認識的同齡孩子之中，完全沒有同道。我掏光口袋裡不太多的零用錢，換回一捲又一捲的卡帶，一有空便從教室抽屜裡抓出隨身聽戴起耳機，把自己跟整個吵吵嚷嚷的世界隔離開來。

在沒有網路沒有第四台更沒有誠品書店的時代，我會努力多攢一點兒錢，跑遍進口書店尋找磚頭重的搖滾工具書，然後翻著字典，從第一頁啃到最後一頁。要不就是衝去還沒拆遷的中華商場，買原裝進口的黑膠唱片，珍而重之地捧回家，用母親的老唱機一遍遍播放，然後轉成錄音帶：彼時都只肯用高檔的二氧化鉻錄音帶、甚至昂貴的麥克賽爾（Maxell）黑殼金屬空白帶，這是不能夠妥協的。一捲九十分鐘AB兩面的空白帶，剛好錄兩張專輯。我總會一邊錄著唱片，一邊拿各種顏色的原子筆在卡帶標籤上用花體字慢慢描出專輯名稱和曲目。卡帶錄完，貼好標籤，還得把帶子底側的兩格小塑膠片拗斷，以防日後誤洗。那兩聲「喀」，表示又一樁工程的完結，總讓我感到巨大的滿足。

爲了節約空間，我把卡帶橫擺著疊起來，一落接著一落，在書桌上砌成了一堵牆。偶爾抽出底下的帶子，便會嘩地坍方。我從四處蒐集的搖滾書裡影印了許多舊時代偶像的照片，錯落有致地拼貼在牆上：迎風披散著長髮的四披頭、雙手插腰睨視著鏡頭的吉米．韓崔克斯、滿面鬍髭的吉姆．莫里森、裸著全身只掛著串串珠鍊的珍妮絲．卓普林……我坐在書桌前，戴上耳機，對著滿

DENON DX CREAM WHEELS OF FIRE ©1968 polydor Poly Gram Records 90

DENON DX The Allman Brothers Band (Live) At Fillmore East Dubbed From Double LP 90

Lynyrd Skynyrd Lynyrd Skynyrd / Street Survivors SONY

HF 90 Jimi Hendix Experience Smash Hits / JOHNNY WINTER Johnny Winter

DENON DX The ROLLING STONES AFTERMATH / SINGLES COLLECTION 90

©1983 CBS Inc. Dylan • INFIDELS SONY

DENON DX A COLLECTION OF BEATLES Oldies 1962–65 90

NEIL YOUNG ©1970 REPRISE After The Gold Rush SONY

牆的照片出神。啊，俱往矣。那不是我的時代，但竟感覺如此親切。能夠分享這種感動的人，究竟在哪裡呢。

那時，就像所有十六七歲的孩子一樣，自覺一下子長大了，不復童年的懵懂。整個世界幾乎跟不上自己的改變，遂不免在跌跌撞撞中感到寂寞。曾經不無賭氣地在日記上寫，啊我需要濃烈的友情和清淡的愛情，然而除了清淡的友情，我什麼都沒有——那時候哪裡知道什麼是愛情呢，不過是一些模糊的渴慕和想像。曾經暗暗對自己說，要是有哪個女孩和我一樣，被齊柏林飛船的〈遠在群山以外〉（Over The Hills & Far Away）落拓瀟灑的吉他前奏狠狠感動，我一定就會愛上她的。又或者，在換下高中制服混進一間名叫AC／DC的搖滾酒吧學抽菸和喝啤酒的時候，總對自己說：未來有了愛人，我一定要帶她來，一起聽Doors的音樂……。

後來AC／DC倒店，那個願望始終沒有實現。十七歲少年一廂情願的幻想，就像八〇年代的電子鼓音色，單薄、天真，卻又理直氣壯，不免令後來的自己尷尬。然而這麼多年過去，偶爾午夜獨坐，耳機裡傳來令人激動的樂段，還是會憶起那種感覺：世界這麼大，此刻一定有可以分享這份感動的人罷。我們或許只需要交換一個意味深長的微笑，就夠了。

搖滾樂其實是很矛盾的。看似熱鬧，實則無處不浸透著寂寞。它的核心往往就是「和這個世界過不去」的寂寞。而那撼動了整個世代的、眞正了不起的搖滾樂，便是找到了那條紐帶，把千千萬萬人的寂寞和蕭條，串織在一塊兒。每個搖滾迷多少都是寂寞的，即使和幾萬人一起在轟轟然的樂聲中歡呼落淚，也只是把這份寂寞複製成幾萬份。搖滾之所以意義深遠，之所以能像路·瑞德唱的那樣，足可拯救一條年輕的性命，或許就是因爲它讓我們知道，自己終究不是唯一懂得這份寂寞的人。

有時候，寂寞在音樂結束之後的寧靜空氣中湧現，你會願意遲些再去換播下一張唱片，獨自咀嚼一下這種感覺。你微笑搖頭，你知道此刻沒有人能分享這樣的心情，儘管你也知道在這顆星球上一定有千千萬萬人在不同的夜晚和你一起經歷這樣的感覺。那讓你跟多人一樣，又跟很多人不一樣。更重要的是，你喜歡這樣的感覺，這種既空虛又飽滿的心情。

而那唱著的人，更是寂寞。我常常在想，你得要有多麼強悍的靈魂，才能經受得起夜復一夜舞台下的歡呼與需索。你得多麼堅定多麼自制，才能抗拒誘惑，不去討好他們，甚至執意走向他們未必理解的道路。你甚至不是爲了青史留名、不是爲了自我標榜，更不是爲了「雖千萬人吾往矣」的悲壯的成就感，那些都無關宏旨，重要的只有當下的創造的慾望。

這眞難，然而還眞有人做到了。而我們往往會覺得，自己是那少數在舞台下洞徹這一切的人。我們以爲自己眞懂了那唱著的人，又或者我們樂於承認其實自己也不懂，但懂不懂並不重要。我們樂於在舞台下交換那意味深長的微笑，有時候我們寧願那舞台上的人不要太在意我們。我們在腦海中反覆操練可能的情景：設若有機會和那人近身相見，我們只需要禮貌地頷首，絕不多嘴亂問不上道的蠢問題，甚至不需要索討簽名更不需要合影留念，我們不必用那樣的方式證明什麼。我們總是對自己說，就讓他做他想做的事罷，只要他還願意站上舞台，就是值得欣喜的事了。

打從十六歲瘋魔上搖滾，我沒有忘記過這種渴望——當你默默站在一段距離之外，望向舞台，領受那令人激動的聲響，偶爾在茫茫人海之中，你會看見另一個相似的身影。當他回過頭來，望向你，你們會彼此交換一個理解的眼神。在那個瞬間，這眼神，甚至比你最轟轟烈烈的戀愛還要深刻。或許有一天，時移事往，我們不再那樣在意彼時眺望過的舞台上的那個人，但我們不會忘記曾經交換過的那個眼神和微笑。

相信舞台上的那人，知道了這些，也會微笑頷首的。

（二〇〇三、二〇〇五）

有一陣風

《地下鄉愁藍調》後記

「你們你們，你們不能在椰子樹上釘東西！」從行政大樓跑出來的女人說。她跑得很喘，講話上氣不接下氣。

「我們沒有釘，我們用膠帶貼，應該沒關係吧。」我說。

「不行不行，每個人都像你們這樣亂貼還得了！你們再亂貼我要叫警衛來了。」

「好啦好啦。」我和ＳＹ只好把那疊傳單放回腳踏車籃子裡，不情不願地離開。騎到路口，我們回頭看了椰林大道一眼。每隔一株椰子樹，便貼著一幀約翰．藍儂長髮披肩滿面鬍鬚的黑白肖像。我和ＳＹ貼了大半條椰林大道，總有幾十張吧。兩大排的藍儂像，看起來還滿壯觀的。

「這樣也可以了啦，意思到了。」我說。

「是啊。剩下的我拿回宿舍發，沒關係。」ＳＹ微笑道。他是我最好的朋友，笑起來總是帶著一種無辜而認分的表情，彷彿在說：既然這樣那只好笑一笑了。整整十年後一個晴朗的夏日傍晚，他告訴我他得了血癌的時候，也是帶著這樣的笑容。

貼傳單那天，是藍儂被歌迷槍擊身亡十二週年的忌日。前一天晚上，我從平裝版《藍儂自敘》最後一頁找到他最帥的那幅頭像，然後略事加工，標上生卒日期，做成底稿，準備拿去影印兩百張。左看右看，總覺得少了點什麼，於是補上一行小野洋子悼文裡的句子：「有一陣風永不寂滅」（There is a wind that never dies）。

這張傳單並不是要推銷什麼活動，只是想在這個日子有一點兒表示。再過幾個月我就要畢業了，想在校園裡做點什麼，機會也不多了。我和ＳＹ從新生南路側門的海報牆開始貼，沿著運動場一路貼到舊體育館對面，再彎到小福對面的布告欄，最後騎回校門口，從椰林大道的第一株椰子樹貼起。

那陣子椰林大道經常被貼上各種各樣的標語，有時候傅鐘那圈欄杆上會展示一幅全開書面紙拼接的大海報，墨跡淋漓寫著「廢國大反獨裁」，有時候整排椰子樹都綁上了曳著長長尾巴的黃絲帶，上書「工人鬥陣」或者「反核救台灣」。秋冬多雨，那些字跡很快便模糊了，破了的海報耷拉下來，黃絲帶也無精打采黏在樹幹上。同學們騎著腳踏車匆匆來去，大都不會多看它們一眼。

那陣子是校園刊物的「爆炸期」，總圖側門和活動中心的木架橫七豎八堆滿了各色各樣的期刊報紙，往往溢到地上被大家踢來踩去。「社禁」解除，學校開放新社團登記之後，數以百計的學生社團都開始編纂自家的機關報，彷彿每個人都得編一編刊物，纔足以證明自己的存在。學校附近的印刷廠生意好得不得了，週邊的商家也被上門拉廣告的學生鬧得不堪其擾。然而那景象看似熱鬧，骨子裡不免虛乏。那些一陣興頭搞出來的刊物多半文筆平庸、版型俗惡，許多更在創刊號之後便無以爲繼，編報的人似乎比讀報的人還多。那些乏人問津的報紙，最後大半都還是墊了便當吧。

這是頗値沮喪的事情，因爲編刊物對彼時的我來說，正是全天下最重要的一件事——有時候甚至比談戀愛還重要。大二從學長手上接棒編報的時候，我曾經立志要做全校首席美編。但是當我看到亂成一團的刊物架，便明白已經沒有人在乎這種事情了。

然而別人愈是輕忽以待，「舍我其誰」的情緒就愈是高昂。那片被四條大馬路圍在中間的校園，就是我們的城、我們的國，暗藏著所有的命運與夢想。我們窩在文學院地下室角落的社辦，絞盡腦汁寫出一篇篇校園觀察和文化論述，還有自傳體的抒情詩文，努力描繪著大時代、革命、青春和理想。我們天眞地張望校園外邊那個翻騰激變的大社會，並且確鑿相信一份發行量四千張的學生刊物便足以改變別人和自己的生命。我們自恃年輕，並不怯於暴露自己。社辦桌上的留言簿總是密密麻麻寫滿了各自嘔心瀝血的思索與告白。我們多得是不吝揮霍的時間，用以傾吐和聆聽，用以想像渺不可知的未來。二十來歲的大孩子，生命中最重要的，恐怕也就是這些了。

我們在那個潮溼多蚊蟲的地下室角落開會、寫稿、編報、彈吉他、戀愛和失戀。偶爾爲了一些抽象籠統的主題陷入冗長的激辯，偶爾呆呆坐著什麼都不做，耽看樓梯間玻璃窗漏下來的那方陽光在牆面緩緩掃過。有時候看看學弟妹，覺得自己已經很老很老，很有幾分滄桑之歎；有時候想到未來，又覺得自己實在太年輕，還扛不動「大人世界」的重量。巴布．迪倫二十來歲的時候不是這樣唱過嗎：

啊我彼時竟是那樣蒼老，
如今的我卻更年輕了

離開學校之後，我們慢吞吞地長大。有人繼續在學院體制裡攻城掠地，有人開始領一份固定或臨時的薪水。我們努力在「大人世界」裡摸索自己的位子，漸漸也不太在意昔時念茲在茲的「戰鬥位置」、「論述霸權」、「共犯結構」什麼的了。年歲愈長，出手愈謹慎，生命中總有更要緊的牽絆，遂也不願侈談什麼野心了。

出社會沒幾年，陸續替一些刊物寫稿，加上廣播彷彿做出了一點點名氣，便有相熟的編輯學姐鼓勵我寫書。然而離開學校之後，不曾再有那樣熱切的創作慾望，對「寫作」這個動詞總是感到心虛。我和還在繼續寫的同輩友朋，言談間皆只敢以「寫手」自稱，而萬萬不敢僭稱「作家」，彷彿這麼一來，寫些不痛不癢的東西混飯喫的罪惡感就略略可以釋然了。出書的事，也就這麼不了了之。

ＳＹ退伍之後到嘉義去唸哲學研究所，我們便難得見面了。一次約了南下去找他玩兩天，ＳＹ帶我去喫著名的廟口鴨肉羹和民雄肉包，逛了逛他的學校，然後回到他在稻田中央賃居的小公寓。那晚我們照例沒怎麼睡，彼此聊了很多當下的困惑和未來的想望。原本是登山社健將的ＳＹ，那陣子變得蒼白多病，總覺得疲憊而虛弱。「應該是我一直沒有認眞面對自己，老是在逃避問題，身體也感覺到這些狀況了。」他說。

後來ＳＹ輾轉查出病因，不得不休學入院做化療，等待骨髓移植。我們不方便去醫院探望，便在ＢＢＳ上互相留言。他儘管躺在病床上，還是可以用筆記電腦上網，聯繫外面的世界。

我提起有人找我出書的事，一想到自己的書要和那些「眞正的作家」的書擺在一塊兒，便覺得事態嚴重。ＳＹ比誰都瞭解我的焦慮，他說：你已經寫了那麼多文章，其中眞正用了心思的也不少，値得整理成一本書，那就別想太多了。至於你會被目爲「寫手」還是「作家」，現在且先不要煩惱，書出之後或許就不是問題了。

既然如此，我鼓其餘勇，整理了一批自覺還算用心的文字，列出想改寫新寫的篇目，編了個目錄，傳給ＳＹ。他看了很是開心，直說等不及想看看成品，從我們一起編刊物的經驗，他知道我對美編會有很多龜毛的要求。

ＳＹ的狀況時好時壞，藥物的副作用經常帶來幻覺，使他看到不存在的人物和場景。他一面用驚人的意志力忍受著肉體的痛苦，一面在稍微清醒的時候用筆記電腦饒富興味地記錄下那些栩栩如生的幻象。ＳＹ對自己的病況和風險瞭若指掌，然而他說：你的書我都還沒看到呢，這也算是我要活著的理由之一吧。

於是我彷彿覺得或許書出了，ＳＹ的病就會好了。我決定不再躊躇焦慮、瞻前顧後，不過就是出個書嘛。我重新聯繫編輯學姐，討論出書的細節，並且訂下了工作時間表。

然而ＳＹ終究沒有能夠等到我的書。那天從他的告別式歸來，我清楚地知道，從此以後，有些事情只能放在心裡，沒得說了。或許ＳＹ用這種方式，遞給了我一張進入「大人世界」的門票吧？

ＳＹ不在了，生命中總有更緊急的事情不斷插隊，出書的事也就這麼延擱下去。編輯學姐當初挺著懷孕的肚子和我在咖啡廳談出書計畫，如今連他們家老二都上幼稚園了，我的書還在繼續難產。出書，竟變成了一個令人尷尬的話題。

後來想起那天ＳＹ的自責，也覺得總不能老是逃避問題，遲早得去面對枯坐在那兒等候多時的年輕的自己。套句我們常講的話：「出清存貨，纔能告別青春期」——該是走上前去拍拍那個小夥子的肩膀，彼此好好聊聊的時候了。

二〇〇六年秋，爲了替這本書拍些照片，我回舊家翻箱倒櫃找資料，打開十幾年沒翻過的文件夾，赫然發現一張當年自製的藍儂肖像傳單，我馬上知道可以爲它做點什麼。我和幫忙攝影的Ｃ開車回到久違的校園，來到椰林大道，選定一株椰子樹，把那幀悼亡的肖像貼上，一如多年前ＳＹ和我的那個下午。Ｃ開始測光抓角度，我則望向對面的行政大樓——這次並沒有氣急敗壞的女人從那裡邊跑出來。

忽然有風，將傳單微微掀起。Ｃ按下快門，完成了一切。

（二〇〇六年十一月四日）

作者致謝

謝謝我的父親馬國光先生、我的母親陶曉清女士。他們意氣風發的青年時代是我精神上的故鄉，他們從生活中一點一滴讓我認識了美與善的價值，他們的信任和包容則是我一生最可珍惜的資產。

謝謝我妻孟尤。她是這個世界上最瞭解我的人。在我躊躇猶疑的時刻，她明亮的眼光總能替我指出前路。

謝謝詹宏志先生慷慨賜序，並且分享了一段動人的青春記憶。能夠促成詹先生寫出這麼一篇好文章，我也與有榮焉。

謝謝時報葉美瑤跨越彼此好幾個生命階段的督促與照顧。這書能在她手上出版，也算是我們多年友誼的美好見證。

謝謝周震協助拍攝書中照片。打從學生時代我便希望能借重他的才華，一起做點什麼。這回總算得償夙願，不亦快哉。

謝謝聶永真的平面設計。他的才華早已有目共睹，未來的設計史教科書不該忘記這個名字。

謝謝責任編輯黃嬿羽。她的認真細心，讓我重溫了編輯人的專業與尊嚴。也謝謝每一位時報同事的協助與投入。

謝謝我的朋友SY。他溫暖真誠的人格，曾經支持我度過青年時代無數惶惑焦慮的日子。如今他已不在人世，我仍希望將這本小書獻給他，還有我們一起跌跌撞撞走過的青春歲月。

最後，謝謝這些年裡，每一位曾經幫助我、鼓勵我的人。你們讓我感覺到自己多少是有用的。但願我沒有辜負這一切。

馬世芳　2006年11月

新人間叢書94

地下鄉愁藍調

作　者—馬世芳
副總編輯—葉美瑤
編　輯—黃嬿羽
美術設計—聶永真（永真急制Workshop）
攝　影—周震（p16、21、29、66、83、95、103、107、119、123、137、152、169、185、189、218、243）
馬世芳（p42、173、226、251、276）
物件提供—馬世芳
企　劃—黃千芳
校　對—馬世芳、黃嬿羽
董事長
發行人—孫思照
總經理—莫昭平
總編輯—林馨琴
出版者—時報文化出版企業股份有限公司
10803台北市和平西路三段二四〇號三樓
發行專線—（〇二）二三〇六～六八四二
讀者服務專線—〇八〇〇—二三一—七〇五・（〇二）二三〇四—七一〇三
讀者服務傳真—（〇二）二三〇四—六八五八
郵撥—一九三四四七二四時報文化出版公司
信箱—台北郵政七九～九九信箱
時報悅讀網—http://www.readingtimes.com.tw
電子郵件信箱—liter@readingtimes.com.tw
法律顧問—理律法律事務所　陳長文律師、李念祖律師
印　刷—華展印刷有限公司
初版一刷—二〇〇六年十一月十三日
二版一刷—二〇〇六年十二月十九日
定　價—新台幣二八〇元

⊙行政院新聞局局版北市業字第八〇號

國家圖書館出版品預行編目資料

地下鄉愁藍調／馬世芳著. -- 初版. -- 臺北市：時報文化, 2006〔民95〕
面：　公分. --（新人間叢書；94）

ISBN 978-957-13-4553-6（平裝）

855　　95020076

ISBN 957-13-4553-9
978-957-13-4553-6
Printed in Taiwan